l'Edition Originale Illustrée

Léon BLOY

Lettres de Jeunesse

(1870-1893)

PREMIÈRE ÉDITION REHAUSSÉE DE VINGT ET UN
BOIS DESSINÉS ET GRAVÉS PAR CH. BISSON

EDOUARD-JOSEPH
Éditeur à Paris
31, rue Vivienne

1920

Lettres de Jeunesse

Lettres de Jeunesse
par Léon BLOY

est le premier volume de la collection :

L'ÉDITION ORIGINALE ILLUSTRÉE

Il a été tiré
de cet ouvrage, inédit en librairie :
75 exemplaires sur Japon National
125 sur Hollande Van Gelder
et 1.000 sur Vélin parcheminé Lafuma
Tous numérotés

(Pour chaque papier la justification
commence au n° 1)

EXEMPLAIRE HORS COMMERCE

l'Édition Originale Illustrée

Léon BLOY

Lettres de Jeunesse

(1870-1893)

PREMIÈRE ÉDITION REHAUSSÉE DE VINGT ET UN
BOIS DESSINÉS ET GRAVÉS PAR Ch. BISSON

EDOUARD-JOSEPH
Éditeur à Paris
31, Rue Vivienne

1920

LES Lettres qu'on va lire nous feront traverser comme à vol d'oiseau une vingtaine d'années de la vie de Léon Bloy. Elles nous initient aux rapports d'amitié qui existaient entre lui et Georges Landry. L'Amitié, Léon Bloy ne croyait pas à sa défection, et quand il fallait se rendre à l'évidence, c'était de l'étonnement, du déchirement, de l'indignation.

Des camarades, il n'en avait pas parce qu'il ne voulait pas en avoir, il visait plus haut.

Léon Bloy est mort entouré d'amis. Les amis étaient sa richesse, sa récompense. Ai-je besoin de le dire ? Il a toujours donné plus qu'il n'a reçu, et, cependant, il avait de vrais amis. Mais qui donc, entre eux, pouvait lui donner ce qu'il donnait lui-même avec magnificence : de l'héroïsme ?

Ces lettres ont encore un autre intérêt.

Elles datent de l'époque où dans une chambre de

la rue Rousselet se réunissaient, autour de Barbey
d'Aurevilly quelques intimes dont Léon Bloy et
Georges Landry. Leurs silhouettes se dessinent dans
la pénombre du temps comme deux témoins d'un
passé qui nous échappe.

Un dernier mot pour fixer une impression qui
se dégage de la lecture de cette correspondance.

De même que le Désespéré est un livre unique
dans l'œuvre de Léon Bloy, de même ses Lettres
de Jeunesse ont un accent particulier qui rappelle ce
roman.

Pour les caractériser je ne trouve donc rien de
plus exact que ceci : Elles sont de l'auteur du
Désespéré.

Jeanne Léon BLOY.

Paris 1920.

LETTRE I

MON cher Georges, tu m'as attristé. J'espérais que les commencements te seraient moins rudes. Mais, crois-moi, cela ne durera pas. Il en est toujours ainsi dans les premiers moments de la vie de communauté, que ce soit au collège, à l'armée, au séminaire, au couvent ou ailleurs. Il y a toujours inévitablement 8 ou 15 jours, quelquefois même un mois — cela dépend des natures — qu'il est extrêmement pénible, douloureux et abominable de traverser. Passé ce terme, la coutume qui est une seconde nature, comme le dit Pascal, vient cicatriser la plaie ouverte de l'ennui et du dégout, quelque profonde et saignante qu'elle soit. Pascal ajoute que cette seconde nature détruit la première. Je n'en crois rien. La première subsiste toujours, mais la coutume est un rempart indestructible que la Providence met entre nous et la Douleur qui finirait par nous dévorer.

L'homme a besoin, je ne dis pas de solitude, mais d'isolement pour être soi, c'est-à-dire pour vivre, et dans l'œuvre de cette Providence que j'invoquais tout à l'heure cela éclate d'une manière tout à fait admirable, puisqu'elle a prononcé que l'homme vivrait au milieu de la foule de ses semblables et néanmoins aurait cette faculté de s'accoutumer à les voir au point de ne les voir plus et d'être d'autant plus isolé qu'il vivrait moins dans la solitude.

Je t'en prie, mon cher Georges, prends patience, fais ton petit soumets-toi et ne te lasses point d'obéir, que ton obéissance soit prompte, et du moins en apparence joyeuse. Efforce-toi d'être doux et obligeant pour tes camarades, surtout pour ceux-là qui te dégoûtent le plus. Je te dis tout cela, quoique tu le saches très bien, mais est-ce inutile? D'ailleurs, je te le dis de loin et j'ai cru remarquer que le poids d'un conseil est pour les natures excellentes comme la tienne, en raison directe de la distance. En effet, — toute plaisanterie à part — nous ne vivons guère que dans le passé. Lorsqu'il y a quelque chose de bon en nous, c'est un lait que nous avons sucé lorsque nous étions encore tout petits. Aussi, quand même les premières années de la vie auraient été malheureuses, n'y a-t-il pas de plus rafraîchissante émotion que de les contempler de loin.

Il serait, je crois, utile d'y songer. En dehors de

l'inspiration surnaturelle, toute bonne action volontaire est l'écho d'un souvenir d'enfance. Eh bien, je suis lié à ces souvenirs du passé, qui sont la meilleure partie de toi-même, j'ai par là plus que tout autre, plus que toi peut-être le pouvoir de les évoquer, nous avons passé ensemble bien des jours pénibles mêlés de très peu d'heures agréables. Mais, crois-moi, ce furent tes premiers pas dans la vie, et quand même les plus étonnants bonheurs t'attendraient dans l'avenir tu ne trouveras jamais, je te le prédis, qu'ils en vaillent l'amertume. Ecris-moi souvent, je te répondrai toujours et le plus promptement possible. C'est ce dont tu peux être certain. Ne te gêne jamais avec moi ; n'aie jamais peur de me fatiguer. Je suis un peu ton frère. Je ferai avec joie tout ce qui pourra t'être agréable, quoi que ce soit.

Il m'est extrêmement pénible de te savoir aussi malheureux. Je ne sais que te dire, moi. Je voudrais te consoler un peu. Voyons, ne peux-tu donc pas, au fond de ton cœur de chrétien, par-dessous tous les dégoûts, trouver quelque chose de solide, quelque assiette de sérénité et de calme où tu puisses te mettre à l'abri de ta propre révolte. Prends garde à toi, si la très raisonnable aversion que tu éprouves en ce moment pour tout ce qui t'entoure, ne se transforme pas par le miracle de l'habitude en une pure indifférence, tu es perdu. Ce sera un mauvais sang tourné qui ne reviendra pas. La révolte sera en toi quelque chose de chronique et de malade, comme une excroissance à ton cœur.

.Après tout, mon ami, rends-toi compte de ce que tu éprouves. Ton dégoût n'est-il pas tout physique. Tu es entouré d'hommes grossiers, incapables, du moins extérieurement, de délicatesse. Tu es délicat, et cela t'offense, je le conçois, mais cela ne doit pas monter plus haut que l'estomac, que Diable! Tu as dans l'esprit de nobles choses, tu as — et rien n'est plus rare — des Idées d'ordre général, tu as l'intelligence de textes difficiles, tu as un corps de doctrines admirable, tu as, pour te fortifier et t'isoler, des lectures rafraîchissantes qu'il t'est donné de pouvoir faire. Pourquoi donc serais-tu si malheureux, et comment les obscénités et les sottises de quelques goujats pourraient-elles t'atteindre dans le splendide isolement de ta patience chrétienne et de ta foi.

D'ailleurs, tu as des loisirs, n'est-ce pas ? Eh bien, ne tarde pas à faire ce que tu me dis. Va trouver un prêtre. Va à l'église et si tu vois quelque douce figure de prêtre, ouvre-toi à lui. Puisque tu as la foi catholique profites-en pour être heureux. Il se trouve que cette religion de souffrance donne des joies infinies, même ici-bas. Je ne sais, mon ami, si tu t'es jamais approché de la sainte Table avec ferveur. Il m'est permis d'en douter. Alors crois-moi, j'en sais quelque chose, c'est absolument divin. A ce moment-là tu ne sentiras guère les ennuis de ton état — que dis-je, ce seront pour toi de véritables plaisirs. Non, ce qui ne peut se raconter et tu t'en doutes bien, c'est cette inexprimable paix qui tombe comme un manteau céleste sur le cœur d'un pauvre être ainsi devenu par l'incon-

cevable mystère du sacrement le tabernacle vivant de
son Dieu. Il est impossible de le concevoir si on ne l'a
pas éprouvé, et longtemps après, quand même on l'aurait eu le malheur de perdre la foi, c'est un véritable
ravissement que d'y songer.

Tu as raison de lire — il faut lire beaucoup. — Tu
peux même te borner à cela pendant longtemps. Je te
le répète très sérieusement, à force de lectures, tu peux
devenir un véritable savant et si le métier de soldat
te donne des ennuis, il te donne aussi des loisirs, et
surtout une certaine indépendance d'esprit que tu ne
retrouveras pas ailleurs. Je veux dire que tu n'as pas
le souci de gagner ta vie — cela est énorme.

Quant à moi, je dévore le plus de livres que je
peux, j'ai de terribles lectures à faire. Je voudrais
pouvoir ne faire que cela. Mais je dois me résigner à
aller lentement. Lorsqu'il m'arrivera quelque chose
d'heureux sous le rapport intellectuel, tu seras un des
premiers à le savoir.

Je t'annonce que le Père Hyacinthe a complètement apostasié. Je l'avais assez annoncé depuis 3 ou
4 ans. Il est vraiment heureux que cela soit enfin venu.
On saura désormais qui il est. Il a écrit au général de
son ordre une lettre fort insolente dans laquelle il déclare que sa conscience lui fait un Devoir de quitter
son froc. Cela est réellement immonde. M. d'Aurevilly va publier contre lui un de ses plus beaux articles, un véritable chef-d'œuvre. Je te l'enverrai le
plus tôt possible. Je lui ai montré ta lettre, elle l'a
touché. Ecris-lui, il te répondra.

Ce sera peut-être une agréable distraction pour toi de faire une visite. Va voir Mme Boucher. Elle y est en ce moment, et je t'ai annoncé. Ne fût-ce que pour parler de son pauvre Eugène, il lui sera très agréable de te voir. Tu feras bien d'y aller et d'y revenir. C'est une bonne femme à ce qu'il m'a semblé. Elle te sera peut-être utile. D'ailleurs, il t'est bien facile de te tenir sur tes gardes.

Victor et moi nous irons un de ces dimanches à Orléans, dans un ou deux mois. Nous passerons, je l'espère, une agréable journée avec toi.

Quant à ton parti de quitter le régiment et de faire, comme tu le dis, tout ce qu'on voudra pour que ton père te' rachète, je crois que tu n'y as pas sérieusement songé. Mets en balance 5 années qui passeront en somme assez vite et tout un avenir que tu peux lier et compromettre par une résolution de cette nature. Songes-y bien, c'est tout ce que je peux te dire.

Je n'ai pas vu Paul, naturellement.

Je t'enverrai, moi ou Victor, un peu d'argent le plus tôt possible. Ce premier mois chez Maza aura été pénible au point de vue de l'argent. Je vais avoir un terrible billet à payer et un terme encore plus terrible. Lorsque j'aurai doublé ce cap, tu peux compter sur moi, prends patience.

Allons, du courage, personne ici ne t'oublie.

Léon BLOY.

LETTRE II

M ON cher Georges, je ne sais quand et comment te parviendra cette lettre. Je désire que tu la reçoives dans un moment de tristesse et de découragement. Elle te consolera et te ranimera peut-être un peu. Tu as de l'amitié pour moi. Il en résulte que j'ai le pouvoir de te communiquer du courage quand tu en manques. Mais c'est un grand miracle si l'on considère qu'il n'y a rien au monde dont je sois plus dépourvu. Ah ! mon pauvre Georges, que je voudrais être auprès de toi ! — Victor m'a renvoyé la lettre que tu nous avais écrite à tous les deux. Elle est venue me trouver au milieu d'ennuis extrêmes et elle m'a serré le cœur. Hier enfin j'ai reçu cette seconde lettre datée de Styrnig Wendel qui n'a fait que renouveler et accroître l'impression douloureuse et poignante de la première.

Je me suis aperçu que je t'aime beaucoup plus que mes frères. L'un d'eux se trouve dans la même situation que toi et c'est à peine si je pense à lui. Que veux-tu ? en fait de frères je crois que Victor et toi avez pris toute la place. Tu me demandes de prier pour toi. Ah ! mon ami, je ne sais trop ce que valent mes prières. Je les soupçonne de valoir très peu. Mais je n'avais pas besoin que tu me les demandasses. Du jour où j'ai su que ta vie était en péril, je fais de longues prières pour toi. Je demande à Dieu avec toute la ferveur que je peux trouver en moi, que si sa volonté est de te retirer de ce monde qu'il te reçoive du moins de sa miséricorde. Je suis tellement pénétré de la vérité du christianisme, tout ce que l'Eglise enseigne est pour moi d'une telle évidence, je vois si clairement dans mon esprit et dans mon cœur l'intégrité et la pureté de sa doctrine que je suis saisi d'épouvante quand je songe que tu pourrais mourir sans préparation. C'est pour cela seul que je prie, mon bon ami. Car ce que j'aime en toi, c'est ton âme qui est une noble et belle âme. D'ailleurs ne penses-tu pas comme moi, n'adores-tu pas les mêmes vérités et les mêmes menaces qui pèsent sur mon cœur à cause de toi, mon frère bien-aimé, ne pèsent-elles pas aussi sur le tien ? Peut-être ce que je te dis là est-il une recommandation superflue. Peut-être à l'heure du danger as-tu noblement et généreusement remis ton âme entre les mains de Dieu.

Je t'assure, mon Georges, que je voudrais de toute mon âme que tu te trouvasses parfaitement réconcilié avec Dieu et qu'au premier combat la mort te prît d'un seul coup. Encore une fois je t'assure que je donnerais volontiers ma propre vie pour qu'un pareil bonheur t'arrivât. Le sang des hommes qui meurent pour Dieu dans les batailles est ce qu'il y a de plus semblable au sang divin répandu pour le salut du monde. Le don de soi est sans doute ce qu'il y a de plus agréable aux yeux de Celui qui s'est le plus donné. Fais donc le sacrifice de ta vie. Prie bien Dieu qu'il la prenne en échange de *la conversion de tes parents*. Tu sais que cette réversibilité des douleurs et des acceptations est la base surnaturelle de l'édifice chrétien. Il n'y a rien de plus sublime dans le monde. De pareils mouvements de l'âme sont toujours écoutés et vont directement au cœur de Dieu. J'envierais une telle mort et toute l'ardente foi que Dieu m'a donnée tressaille en moi à cette seule pensée.

Oui, mon cher Georges, tu ne saurais croire combien cette idée de ton péril physique et de ton péril spirituel m'a tourmenté durant ces quelques jours. Si la guerre n'était pas arrivée avec une pareille soudaineté, je t'aurais donné un bon conseil.

A une époque déjà ancienne, à une époque de foi et d'amour, la Vierge apparut un jour à un pauvre solitaire dont le nom ne se présente pas à ma mémoire en ce moment. Elle lui donna un vêtement fait d'une laine grossière et destiné à recouvrir les épaules. La Mère du Sauveur lui dit que de grandes grâces seraient accordées à ceux qui porteraient nuit et jour ce vêtement de son choix et que ceux qui seraient *tués* en le portant seraient par Elle-même délivrés du Purgatoire le samedi qui suivrait le jour de leur mort. Aujourd'hui, afin d'éviter les scandales de toute es-

pèce que tu con-
nais bien on a ré-
duit ce vêtement
mystérieux, nom-
mé Scapulaire, aux
simples propor-
tions de deux mor-
ceaux de laine sus-
pendus de chaque
côté du corps.

L'incrédulité
sans noblesse et
sans virilité de ce
temps-ci a répandu
le ridicule sur les
pratiques d'une loi
touchante et divine, com-
me si, après tout, les plus
éclatantes manifestations du génie humain
ne se réduisaient pas aux simples proportions d'un acte de foi naïf et spontané. Je
t'aurais conseillé de le porter. J'ai vu ces derniers
jours à Périgueux de nombreux soldats sur le point
de partir ne pas négliger de se munir de cet objet précieux. Peut-être te sera-t-il encore possible de le faire.
Si vous passez dans une ville et qu'il te soit possible
de disposer d'une heure va trouver un prêtre et s'il
est étranger, dis-lui en latin : *Da mihi scapularium.*
Il comprendra à merveille. Il bénira l'objet et toi-
même et crois-moi, tu puiseras dans cet acte de foi

et d'humilité un grand courage et une chrétienne ré-
signation. Le scapulaire se porte, bien entendu, par-
dessous les vêtements, immédiatement *sur la peau.*

Je porte moi-même le scapulaire depuis quelque
temps et cela me procure beaucoup de courage et de
consolation (1).

Victor t'a sans doute écrit puisque tu as mon
adresse à Périgueux. Il t'a appris, comme je le vois,
mon projet de quitter le monde. En effet, je meurs
d'envie de me faire bénédictin. L'idée vient de
M. d'Aurevilly qui n'a eu aucune peine à me faire
comprendre qu'il n'y avait pas de salut probable pour
moi en dehors de cette détermination. Je le crois. Mais
il ne m'est pas possible d'exécuter immédiatement ce
projet, malgré l'empressement que l'on mettrait à
m'accepter sans aucune dot. Voici pourquoi : à la
prière de ma pauvre mère dont la santé est tout-à-fait
perdue j'ai dû aller à Périgueux et en dehors de l'accueil difficile que j'ai eu de mon père qui ne me par-
donne pas d'être devenu chrétien, j'ai eu sous les yeux
le spectacle d'une misère que j'osais à peine soupçonner. Tu le comprends, mon devoir est de me faire violence, de renoncer pour quelque temps à mon cher
projet de solitude et puis de faire quelque démarche
audacieuse afin de me procurer promptement une position qui me permette de secourir mes malheureux
parents. Je n'ai rien en vue quant à présent, mais, je

(1) Léon Bloy est resté fidèle à cette dévotion. Il est mort portant son
scapulaire du Mont Carmel ainsi que celui de l'Immaculée Conception.
J. L. B.

ne sais pourquoi, il me semble que ma vie va prendre enfin une direction quelconque.

Tu crois à une guerre européenne et à un grand mouvement religieux très prochain. C'est ce que j'écrivais l'autre jour à M. d'Aurevilly en lui parlant de toi. J'ai toujours cru depuis l'ouverture du Concile que sa clôture, du moins quant à l'objet important (l'Infaillibilité), serait le signal inaperçu mais nécessaire, le point de départ providentiel d'une suite d'événements extraordinaires. C'est ce qui a bien l'air de se réaliser. C'est la guerre la plus terrible et la plus implacable qui pût se faire en Europe qui commence. Elle aura les plus énormes conséquences, quelles qu'elles soient. D'un autre côté, nous subissons une sécheresse inouïe qui tarit les sources, fait mourir les animaux dans les champs et a déjà détruit la récolte d'automne. C'est la famine pour cet hiver. Toutes ces coïncidences ne sont pas sans quelque signification mystérieuse.

Le phénomène le plus étonnant peut-être et le plus inattendu, c'est l'incroyable indifférence qui a accueilli le triomphe définitif de l'autorité pontificale, qui devait, disait-on, soulever l'Europe entière, contre Rome. Oui, Georges, pour ceux qui pensent et qui savent, il y a là-dedans le jeu manifeste d'une puissance qui n'est pas seulement humaine. La France est devenue tellement ignoble depuis deux siècles qu'il se pourrait très bien que sa perte soit décidée. Que la volonté de Dieu s'accomplisse. Si la guerre m'appelle, j'irai sans inquiétude et sans tristesse, je crois

que l'immuable et impeccable Eglise du Christ peut
se passer d'être défendue par moi et d'ailleurs ce
qu'on peut faire de plus sage, c'est de s'abandonner
à la Providence divine. Si Dieu a des desseins sur
moi, il ne manquera pas de me préserver.

Mon bon Georges, il se peut que tu te trouves un
jour ou l'autre avec des soldats du 57°. Mon frère est
engagé dans ce régiment et comme il ne nous donne
jamais de ses nouvelles, tu m'en donneras si tu peux.

Tu vois, mon ami, tu l'as dit toi-même, tu peux
mourir. Tu comprends bien que dans un tel état de
choses, il y aurait de la cruauté à nous priver complètement de nouvelles si tu peux faire autrement. Un
torchon de papier écrit avec tout ce que tu voudras et
non affranchi nous rendra beaucoup plus heureux que
tu ne pourrais te l'imaginer.

Je t'embrasse.

Léon-Marie BLOY.

Périgueux, mardi 26 juillet 71.
Rue Séguier, 2.

LETTRE III

Dimanche, 16 juillet, 71.

Mon pauvre Georges,

JE suis, en effet, à Périgueux et sans doute pour longtemps. J'ai résolu de m'y fixer. Ma présence est nécessaire à mes parents.

Si je le pouvais je ne t'aurais pas écrit. Mais tu m'aurais vu à Bordeaux ce soir.

Pauvre ami ! tu es toujours malheureux. Je le conçois, mais je veux essayer de te consoler.

Tâche d'obtenir un congé de huit jours ou de deux, ce que tu pourras et viens ici. Mes parents te verront avec plaisir. Je t'installerai à la campagne, dans une vieille maison délabrée au milieu de la solitude. Nous serons là tous les deux et je ne désespère pas de t'arracher à cette affreuse mélancolie qui perce dans ta lettre et dont je ne connais que trop les terribles effets.

Ainsi c'est entendu, je t'attends dans deux ou trois jours. Donne à tes chefs une raison quelconque. Tu reviens de captivité et tu n'es pas même classé encore, à ce que je vois. Tu ne peux donc essuyer de refus.

Je suis aussi pauvre que jamais. Cependant je trouverai bien quelques sous à t'envoyer pour ton voyage si c'était nécessaire.

Compte toujours sur moi et écris-moi promptement pour m'instruire de ta résolution.

Ton frère dans la vie et dans la mort.

Léon-Marie BLOY.

2, rue Séguier.

LETTRE IV

Périgueux, 18 juillet.

Mon cher Georges,

TU recevras sans doute cette lettre demain matin.

Mon cousin, un lieutenant du 57°, blessé, me quitte en ce moment pour aller à Bordeaux et je le charge de ce billet qu'il mettra à la poste immédiatement après son arrivée. Va le voir sans perdre une minute à l'adresse ci-dessous. Il te dira à quel point je désire te voir ici. Ton silence me fait craindre quelque insuccès dans tes démarches. Peut-être pourrait-il te donner quelque avis utile.

Je t'attends et je t'embrasse.

Léon BLOY.

Je suis à l'hôtel Nicolet, au coin de la rue Dieu, je suis visible le matin de 8 heures à 10 h., chambre 11.

M. VIGNON.

LETTRE V

Jeudi.

Mon cher
Georges,

VIENS au plus
vite. Je ne
puis te dire à
quel point j'ai
hâte de te voir.
C'est un véritable
besoin. Tu es mal-
heureux, dis-tu. Je
t'assure que je
le suis aussi. Je
souffre royale-
ment. J'use ma
vie en luttes
mesquines. Ce

sont de ces petites douleurs que ne comprennent pas les hommes grossiers et qui lentement superposées finissent par se dresser comme une montagne sur le cœur. Si je n'étais pas chrétien je me tuerais peut-être. Si j'étais libre et seul au monde j'irais probablement enfermer dans un cloître ma pauvre tête incendiée. Chez moi, les moindres impressions sont *terribles*. Tu me comprendras mieux ici. Mais il me semble que ta présence me fera du bien. Je crois que tu es le seul être au monde qui ait su me comprendre jusqu'à présent et m'aime de la manière dont j'ai besoin d'être aimé. Au milieu de la famille je suis dans la solitude. Personne ne me devine et tu le sais bien il y a des choses qui ne peuvent pas se dire. Enfin, mon ami, il s'opère je ne sais quelle transformation étonnante et malsaine. L'âme tend à envahir tout. Dernièrement, ma vieille tante m'a raconté mystérieusement que j'avais passé la nuit à lire à la fenêtre de l'escalier, sans clair de lune. Elle n'a pas osé me parler et elle me racontait avec une sorte de terreur, cette scène fantastique. Pour moi, je croyais fermement avoir dormi. Serais-je atteint de somnambulisme ? Telle est la question. Mais si les pratiques religieuses ne me protégeaient pas, je craindrais sérieusement de devenir fou.

J'ai recommandé à mon cousin Vignon de te donner de l'argent pour ton voyage. Si cela seul t'arrête, profites-en et viens. Je t'en conjure.

Si tu venais dans 15 jours seulement, par exemple,

je pourrais à peine jouir de toi. Je veux t'avoir à moi tout seul et alors ce ne serait plus possible.

Recueille toutes tes forces et dis pour moi un *Pater*. Dis-le, je te prie, comme si tu étais un Séraphin devant le Trône de Dieu.

Victor a été malade, il va bien maintenant. Je n'ai pas écrit à M. d'Aurevilly. Je n'écris pas même les lettres nécessaires, ma pauvre tête ne le permet pas.

Je t'embrasse.

Léon BLOY.

LETTRE VI

Périgueux, le 24, dimanche.

Mon cher ami,

MON cousin Vignon a écrit. Il nous apprend que
tu vas enfin obtenir un congé. Cette nouvelle
est arrivée assez tôt pour me donner un peu de consolation. Je ne puis t'exprimer l'état où m'a mis ton
silence. Depuis le jour où je t'ai écrit cette longue lettre dont tu ne m'as pas accusé réception, je n'ai cessé
de penser à toi. Chaque jour je demande s'il n'est rien
arrivé de Bordeaux. Mes parents pourront te le dire,
cette attente avait pris les proportions du désespoir.
J'ai longtemps délibéré pour savoir si je n'irais pas à
pied à Bordeaux. Mais c'est impossible. Mes parents
ne pourraient ni l'ignorer, ni le souffrir et ce serait
les contraindre en quelque sorte à me donner l'ar-

gent du voyage. La pauvreté est assez grande chez nous pour que cela me fasse reculer. Cependant ne pas te voir me semblait insoutenable. Je tentai de grandes démarches auprès de l'administration du chemin de fer pour obtenir un laisser-passer. Peines perdues.

Enfin j'étais arrivé à un affreux découragement. Ce matin à la messe, à la messe même et devant Dieu, je sentais le désespoir me monter au cœur et j'ai défailli plusieurs fois. Ceci peut te paraître incroyable, mon pauvre Georges, mais ce n'est point exagéré. Rien n'est comparable à la solitude effrayante qui m'environne. Autour de moi pas une âme où je puisse me reposer.

Mais puisque tu vas enfin venir, tout est bien. Oh ! si tu savais comme j'ai besoin de toi !

Ma bonne mère qui devine vaguement mes souffrances, sans pouvoir les soulager, vient de m'offrir un peu d'argent pour toi. Le voici. Mais qu'il soit uniquement employé à faire le voyage. Si cette petite somme est insuffisante écris-moi immédiatement. Je t'enverrai ce qu'il faudra. J'espère que tu seras assez mon ami pour ne pas hésiter à me demander un aussi petit service.

Surtout ne demande plus rien à Marius Vignon. Je t'avais engagé à lui demander de l'argent. Garde-toi bien de le faire. *C'est surtout pour cela que je t'écris.* Je t'expliquerai cela. Cependant avant de partir, va le voir et demande-lui s'il a des commissions pour Périgueux. N'oublie pas cette dernière recommandation. Si tu l'oubliais tu me mettrais dans un grand embarras.

Adieu, écris-moi avant de partir pour que je sache à quelle heure je dois t'attendre à la gare.

Je t'embrasse.

Léon BLOY.

LETTRE VII

Périgueux, le 26 mars 72,

rue Séguier 25.

Mon bon Georges,

TU dois me trouver bien coupable et bien cruel
d'avoir laissé passer ainsi tout l'hiver sans t'é-
crire, surtout lorsque je t'avais si formellement promis de le faire souvent et même de t'envoyer le journal de ma triste vie. — J'ai reçu de toi une lettre qui,
je te l'avoue, m'a accablé. — A la lecture de cette bien
fâcheuse lettre, j'ai été saisi par cette pensée : A quoi
bon lui écrire ? et comment pourrais-je le consoler ?
J'aurais toute l'éloquence de Bossuet et toute l'onc-
tion d'un saint que je n'arriverais pas à élever d'une
ligne le niveau de son courage. A distance je suis tout-
à-fait impuissant et ma tendresse lui est fort inutile.

Il faudrait que je fusse auprès de lui et c'est précisément l'impossible. C'était là, mon Georges, une mauvaise pensée qui m'a fait cruellement souffrir. J'avais écrit quelque temps auparavant à M. de Noaillant, que je ne connais pas du tout, deux lettres de supplications. Je te recommandais à lui comme une mère effrayée recommanderait son enfant à quelque charitable étranger. Tu ne peux, mon pauvre Georges, te faire une idée de ces lettres qui donnent à peu près la mesure de ma tendresse pour toi. Elles étaient de nature à toucher même un homme très dur. M. de Noaillant me répondit quelques lignes empreintes de bonté, par lesquelles il m'assurait qu'il s'efforcerait de me remplacer. Eh bien, j'espérais que tu allais enfin trouver auprès de lui et auprès de ses amis une consolation et un refuge. Hélas ! ta lettre m'annonçait toute autre chose. C'est à peine si tu me parlais même de cet excellent homme de la bienveillance duquel j'avais tant espéré. Tu peux être bien sûr que cette petite déception a jeté la désolation dans mon cœur. Songes-y donc ! J'avais cru voir pour toi toute une nouvelle famille dans ce milieu certainement élevé où je te jetais. Tu as de l'esprit, du sens chrétien, une tournure sympathique, tu pouvais arriver très facilement à te faire chérir de gens réellement distingués. Mais il aurait fallu pour cela faire quelques pas, t'arracher à cette lâche et déshonorante prostration que personne n'a mieux connue que moi, et j'ai bien peur que même en ce moment, tu n'aies pas encore eu le courage de le faire.

Tu souffres, je le sais, et tu as, en effet, beaucoup à souffrir. Mais retiens bien ce que je vais te dire. C'est le mot le plus profond qu'on te dira jamais : TU CHÉRIS TA SOUFFRANCE. Tu te laisses aller sur ce lit de tortures et tu dis : Je souffre, je souffre, je suis accablé, je suis anéanti. Mais tu ne fais rien pour te re-

lever. Tu te laisses dévorer en gémissant, et tu ne te défends pas. — Ah! que c'est peu noble, et comme je connais bien cet état ! Si tu trouves inexact un seul mot de ce que je viens de te dire, c'est que tu n'as pas la plus vague notion de ce qui se passe en toi. — Mon Dieu ! combien de fois te l'ai-je dit ! une seule démarche, une seule minute d'intrépidité suffit souvent pour relever toute une partie de notre âme, pour assurer toute une partie de notre vie.

Je me suis présenté un certain jour avec confiance chez notre grand ami Barbey et tu sais ce que cet instant d'action nous a rapporté à l'un et à l'autre.

Quel conseil veux-tu que je te donne ? Je suis navré jusqu'au fond du cœur quand je pense à toi.

Lorsque tu es venu me voir, lorsque tu as passé avec moi à la campagne ces deux jours bienheureux qui restent en traits de lumière dans ma mémoire et dans mon cœur, tu m'enviais ma douce solitude et tu gémissais de n'avoir rien de semblable pour l'apaisement de ton pauvre cœur blessé et déchiré à toutes les grossièretés, à toutes les épines de ton genre de vie. Hélas ! pauvre Georges, je n'en ai pas joui longtemps après ton départ. L'hiver et les journées courtes advenant, mes parents eussent trouvé inouï et détestable que je continuasse à vivre seul à la campagne. J'ai dû y renoncer complètement peu de jours après ton départ. Alors a commencé pour moi une série uniformément douloureuse de jours d'angoisses, de luttes et de dégoûts. Au mois de janvier dernier j'écrivais à Victor et je lui racontais mes peines. Tu sais que je conserve une copie de toutes mes lettres. Je recopie donc pour toi ces quelques lignes désolées :

« Ici, je suis seul. Je ne trouve même pas auprès de ma bonne mère les consolations que j'avais espérées. — Je suis en guerre avec mon père qui ne cache que très imparfaitement, sous une apparente douceur, l'effroyable haine que lui inspirent mes doctrines que je renferme cependant bien en moi et auxquelles tu sais

bien qu'il ne m'appartient pas de renoncer. Je suis
réduit à tout cacher : mes actions et mes pensées. Mais
j'ai beau faire, mon père voit très clairement ce qui
se passe en moi et il ne peut se résigner. Et cependant
il m'aime de toutes ses forces. Mais il me croit sur la
pente la plus funeste et il ne voit pas que sans ce sentiment chrétien qu'il condamne, je ne serais pas resté
auprès de lui, que je n'aurais pas accepté une vie
épouvantable et qui, je le sens bien, finira par compromettre gravement ma santé. De quelque côté que
je tourne ma pensée, je, ne rencontre que des épines et
des douleurs : Ma mère infirme, mon père épuisé et
à tout instant menacé ; ma pauvre vieille tante, l'âme
de la maison, exténuée et se traînant par un miracle
d'énergie ; mon petit frère insolent et paresseux, con-
tenu à grand'peine par moi qui me trouve ainsi con-
dàmné à ne pas le perdre un seul instant de vue ; l'absence presque complète de relations agréables et de
temps pour les cultiver ; le silence presque absolu de
mes amis qui ne m'écrivent pas ; l'impossibilité d'étudier ce que j'aime sous l'œil jaloux de mon père qui
veut tout savoir. Enfin la pauvreté, une grande pauvreté que je ne puis soulager faute de place dans ce
trou de Périgueux. C'est à peine si j'arrive à gagner
quelques sous en m'exténuant de corps et d'âme pour
des avoués. Voilà ma vie. Si je t'ai causé quelque
peine, mon bon Victor, j'en suis puni, car je suis bien
malheureux. Quelquefois, je suis ivre de douleur, je
prends ma tête à deux mains et je prie le Dieu mort
sur la croix de me venir en aide afin que je ne suc-

combe pas au désespoir. — J'ai beaucoup souffert à Paris, mais du moins, tu étais là pour me consoler et Georges aussi. De plus je n'étais pas condamné à entendre continuellement autour de moi des cris et des gémissements. Je pouvais m'isoler. *J'avais ma chambre à moi.* Je faisais deux parts de ma vie: l'une pour le pauvre monde de douleurs, l'autre pour mon âme,

la nuit au milieu de mes chers livres. Mais ici, ce n'est plus possible. Il faut souffrir du matin au soir et le courage me manque. Si cette lutte se prolonge je vois très-bien que je succomberai. »

J'ai copié cette lettre, mon bien cher Georges, afin de te montrer le très exact rapport qu'il y a dans l'état de nos deux âmes. Ma souffrance ressemble absolument à la tienne et, en général, elle est supportée de la même mannière. Cependant, souffre que je te le dise : il y a une légère aggravation de mon côté. Je dis légère pour ne pas trop te scandaliser. Tu vas en juger. Toi, tu as le droit de mépriser ceux qui te font souffrir. Moi, j'ai le devoir et la volonté d'aimer ceux par qui je souffre, et même ce devoir est d'autant plus rigoureux que j'ai de grands torts à réparer et à me faire pardonner. Je me suis demandé vingt fois si réellement il ne me serait pas possible de quitter Périgueux. Mais non ! c'est bien réellement impossible. J'ai pris devant Dieu l'engagement de donner ma vie à l'âme de mon jeune frère jusqu'à ce qu'il puisse se passer de moi ou jusqu'à ce que Dieu me prenant en pitié me donne un moyen de le confier à quelqu'autre moi-même. Jusque-là je serai cloué à Périgueux, inexorablement. Ce que je me suis trouvé contraint d'accepter ainsi, par la volonté de Dieu, est tel, que si c'était le résultat d'un pur et délibéré mouvement de ma volonté, ce serait un sublime sacrifice. Enfin, mon ami, j'ai tellement souffert dans ces deux derniers mois surtout que mes parents qui voient les effets, sans pénétrer absolument les causes profondes, ont très sérieusement tremblé pour ma raison et pour ma vie. Aujourd'hui je vais mieux, Dieu merci, et même je vais très bien, le démon de la mélancolie s'est éloigné et j'ai pris d'excellentes mesures pour le tenir désormais à distance. Il n'y a en effet qu'un seul moyen efficace et j'ai le bonheur de le connaître. Mais j'arrive ainsi tout naturellement à l'objet principal de ma lettre.

Si tu es encore aujourd'hui dans le même état d'âme qu'à l'époque de ta dernière lettre il me paraît prouvé que tu ne feras pas tes Pâques. Or tu sais ou tu ne sais pas, mais tu dois savoir que le mépris ou le refus d'exécuter le 4ᵉ commandement de l'Eglise est un aussi grand crime que le parricide. Du moins c'est un crime qui foudroie et qui écrase l'âme tout aussi sûrement. Le chrétien, le croyant qui ne fait pas ses Pâques est un véritable apostat. Eh bien ! mon ami, si l'affreuse mélancolie t'a laissé encore un peu de cœur chrétien, fais ton devoir. Je t'en conjure, au nom du ciel, au nom de la Passion de Notre-Seigneur Jésus-Christ, au nom de ton salut éternel, au nom de l'amitié que tu as pour moi, fais ton devoir, ne laisse pas passer le temps pascal sans te réconcilier humblement, noblement et virilement avec le Seigneur ton Dieu. Ou plutôt, viens passer le jour de Pâques auprès de moi. Viens, si tu le peux, je t'en supplie. Nous ferons ensemble la sainte communion l'un pour l'autre, et tu resteras deux ou trois jours ou davantage, si c'est possible. Je te ferai voir les beaux, les sublimes livres que M. Blanc de Saint-Bonnet m'a envoyés, je te ferai lire les longues lettres paternelles que cet homme admirable m'a fait l'honneur de m'écrire. Enfin, mon ami, ta présence me fortifiera.

Hélas ! Hélas ! j'ai l'âme navrée et déchirée en achevant cette lettre. Je suis presque sûr que tu ne me répondras même pas, que tu ne feras rien de ce que je te conjure de faire. Cependant, si je pouvais obtenir la guérison de ton cœur malade au prix même d'une bonne portion des battements du mien, avec quelle joie ne le ferais-je pas ! Pauvre Georges, tu ne sais pas combien je t'aime.

M. d'Aurevilly a repris le cours de ses critiques. Il vient de faire son apparition au *Figaro*. Je vais immédiatement écrire à Victor de m'envoyer régulièrement les numéros. En attendant j'ai pu m'en procurer un que je te ferai lire quand tu viendras. Il est très probable, surtout maintenant que tu es sous-officier, que tu auras facilement l'occasion de lire le *Figaro* qui traîne malheureusement partout, comme tu sais. Je te le recommande. M. d'Aurevilly rêvait depuis longtemps ce porte-voix-là. Nous pouvons nous attendre à de belles choses de lui, étant donné surtout la tournure trois fois sombre que vont prendre d'ici à très peu de jours les affaires de notre pauvre France.

Je viens de commencer l'emménagement de mes livres à Fénetrau. Les beaux jours reviennent. Je t'y attendrai.

Je t'embrasse.

Léon BLOY.

LETTRE VIII

14 *septembre* 1872.

Mon très aimé Georges,

TOI que le silence des astres n'épouvante pas, t'étonneras-tu du mien ? Je pleure sur la terre, ô mon tendre ami, depuis que je t'ai quitté. Ces jours de Paris ont été un incroyable et délicieux rêve de tendresse tel que mon faible cœur n'eût pas été capable de le pressentir.

Je ne cherche pas de phrases. Pour mieux te voir, je fermerai les yeux. Que m'importe la forme de ton corps, la couleur et la dimension de cette guenille de ton âme ? Je ne vois qu'elle seule et si, par un miracle, une seule fois accompli dans le temps (Nabuchodonosor) et que Dieu ne recommencera probablement jamais, tu devais changer de membres et de visage, il me semble que je te reconnaîtrais encore.

Ah ! quand je pense à la double vue de l'homme ! quand je pense que par derrière cette muraille de chair, il y a tout un MONDE d'âmes, si différent de celui des Corps, toute une hiérarchie immortelle qui a ses Rois, ses Aristocraties, ses Magistratures héréditaires et de droit divin, ses Soldats, ses Bourreaux, son Peuple et sa Canaille ! et que cela se gouverne sous l'œil de Dieu par une *politique réelle* et infaillible sans que rien ne sorte jamais de sa place et dérange l'Ordre primordial ! On pense peu à tout cela. Et cependant !!!...

Lorsque l'œil humain se retourne et se reploie vers ces profondeurs, il commence seulement alors d'apercevoir les linéaments divins de l'ordre suprême et les dérèglements modernes viennent de ce que les hommes ont perdu ce regard. Nous l'avons dit cent fois. La seule Education, la seule Politique est celle qui regarde les Ames, parce que, dans le problème de l'Homme, on ne doit pas évincer l'homme.

Je ne suis pas bien sûr de t'avoir jamais vu, je ne suis pas bien sûr de la couleur de tes cheveux et la forme de tes mains ne m'est qu'imparfaitement connue. Mais je connais mieux ton âme et voici comment je crois qu'elle est faite :

D'abord elle est très-grande, beaucoup plus grande que toi, mon ami, et je ne sais pas comment tu peux la contenir; ensuite elle est très forte, beaucoup plus forte que toi, et j'ignore comment tu n'en es pas écrasé. Ce n'est pas tout. Oh ! non. Elle est extrèmement belle, mais belle de cette beauté indéfinissable et mystérieusement toute-puissante qui n'est pas celle du Lys sur sa tige, mais celle du Lys au champ d'azur en l'Escu de France. Veuille ne pas rire. Quand on dit qu'une âme est belle, on ne s'entend pas toujours. Elle peut être très belle en soi et ne l'être pas au regard de l'Infini si elle ne suit pas le Mérite qui est sa loi, et je ne dis rien de plus, sinon que ton âme est très belle en soi. Et maintenant, et comme notre esprit n'a pas ici-bas sa mesure, je n'aurai plus rien à dire quand j'aurai ..jouté à toutes ces choses que ton âme est ardente. C'est ce qu'en elle je préfère et c'est précisément pour cela peut-être que mon regard ne va pas plus loin. Me voici fixé en pleine incandescence, en pleine torche allumée au sommet de la montagne solitaire qu'environne le retentissement immortel des plus grandes choses. Tu es une Ame de feu. Rareté inouïe dans ce siècle ! Rien ne me passe plus près du cœur. On ne peut que deviner qu'une âme est grande ; on ignore presque toujours si elle est forte et dans quelle mesure elle l'est ; quant à sa beauté intégrale et parfaite, c'est le spectacle de Dieu seul, qui la contemple des enfoncements de son Infini ; mais on reconnaît bientôt à l'embrasement et au flamboiement de son propre cœur, quand on s'approche du cœur brûlant et palpitant de certains hommes, l'intense flamme incendiaire qui les consume inextinguiblement. Ces hommes-là sont vulgaires quelquefois par toutes leurs autres facultés, mais qu'importe s'ils ont celle-là qui s'appelle la royale et toute puissante faculté de l'Amour.

Machiavel a écrit que le monde appartient aux esprits froids. C'est vrai dans un sens païen, et encore !!! Mais le monde chrétien a été fait par des
hommes qui s'appellent des Apôtres sur lesquels et
dans lesquel le FEU de Dieu était descendu et qui, un
peu auparavant, existaient aussi peu que possible par
la science et par les facultés.

Chez les hommes à tête puissante, l'Enthousiasme
est une lampe ardente placée physiologiquement et
psychologiquement au-dessous de la Pensée, comme
sous un vase plein d'un liquide glacé, et qui la ré-
chauffe, la dilate, la subtilise sans jamais parvenir à
la consumer. Chez les autres, elle monte perpendicu-
lairement vers le ciel, sans obstacle d'aucune sorte et
retombe en pluie d'étoiles sur la terre.

Ne te semble-t-il pas, cher ami, malgré ta foi, qu'il
y a dans mon langage quelque chose de fantasmago-
rique et même d'un peu guindé ? On n'entend point
parler d'âmes si souvent que cela. Je le sais et c'est
précisément ma raison d'en parler si longtemps et si
haut. Je connais la tienne depuis si longtemps ! Je
l'ai vue, le mois dernier, si près de la mienne au jour
de l'Assomption !

Mais je n'y tiens plus. Je veux te raconter, dussé-je
te faire périr de langueur, l'étrange histoire de ton
ami, en ce jour de paix et d'inoubliable joie.

La veille, tu t'en souviens, nous avions tous les deux
ensemble contemplé cette étonnante et profonde
image du Christ que possède notre grand abbé Puyol.
Certes, j'ai déjà vu des œuvres de cette nature et

même de puissamment belles. Mais non pas belles de cette beauté-là. Le lendemain et les jours suivants, tu m'en as reparlé et tu ne peux l'avoir oubliée. Moi j'y pense encore et tellement que je vais essayer de la faire réapparaître aux yeux de ma Pensée dans l'intégrité possible du souvenir enchanté de mon cœur. Je vais faire comme si tu ne l'avais jamais vue.

C'est un *Ecce Homo* en buste, mais un buste très allongé. Le profond artiste espagnol a compris qu'il *fallait* toute la poitrine. C'est le Christ chez Pilate, dans son appareil terrible et grandiose de Roi de la Douleur ; c'est le Christ d'après la Flagellation, d'après le Couronnement, d'après les Soufflets, d'après les coups de poings et les crachats, d'après l'Interrogatoire. Tout est accompli, excepté le Crucifiement et la Mort. Rigoureusement, nous sommes déjà sauvés mille fois, puisque c'est l'Infini même qui palpite et qui saigne pour notre rançon, mais il faut, en quelque manière, que nous soyons sauvés infiniment. Comme le dit Tertullien, *Jésus veut se rassasier de la volupté de souffrir pour nous.* Il lui faut non seulement toute la Douleur possible, mais encore bien davantage, afin que la coupe trop pleine du sacrifice déborde sur le monde entier. Il lui faut l'inexprimable Crucifiement, et l'effroyable dislocation sur le bois très dur, et l'enfoncement des clous ébréchés, et l'incompréhensible Agonie des trois Heures, et la Station de la Vierge Mère de laquelle on peut dire que ses souffrances sur le Calvaire furent réellement les douleurs de l'enfantement dans lesquelles tous les

hommes naquirent de Marie. Ici, il n'y a plus de sur-
face, tout est en profondeur et en abîmes, mais en
abîmes multipliés ouverts les uns dans les autres
comme les cratères de l'Etna et qui sont aussi les cratères du Volcan de l'amour divin.

Dans toute cette Passion inénarrable et mystérieuse, rien ne me frappe plus que le couronnement.
Il y a, dans le jardin de mon Père, un arbre singulier
qui me le rappelle toujours. C'est un acacia origi-
naire de l'Orient, dit-on. Il s'appelle triacanthe, à
cause de ses triples épines. Ces épines-là sont affreuses ; elles arrivent quelquefois à la longueur effroyable de trente centimètres, sont dures comme du fer, en-
venimées à leur extrémité et poussent dans tous les
sens. Lorsque les branches mortes tombent par terre,
elles se recourbent, les pointes en dedans, et forment
exactement la couronne. J'en ai tressé moi-même une
tout entière formée de plusieurs branches entrela-
cées, je l'ai suspendue au-dessus de mon crucifix et je
ne puis la regarder sans épouvante. Je ne puis m'empêcher de croire que ce sont là les véritables épines
qui couronnèrent le Christ et je me rappelle qu'il fut
nécessaire de les enfoncer comme des clous, à coups
de bâton, dans sa tête. Une grande sainte, la sœur
Emmerich, raconte qu'elle a vu la Vierge après la
Descente de Croix qui fut son sixième glaive, arracher, AVEC DES TENAILLES, ces épines de la tête morte
de son Fils.

Je vis d'abord cela dans le buste de l'abbé Puyol.
Le sang de chacun des trous de la tête est un ruisselet

sur la Face et sur la poitrine. Ce sang est le plus pur de la terre ; il est sorti, par la Vierge, de soixante générations de saints qu'il a fallu pour *philtrer* une Mère Immaculée au Sauveur du Monde. On dirait qu'il coule lentement sur cette chair sacrée et meurtrie dont il fait étonnamment ressortir la délicatesse et la blancheur un peu altérée de roses effeuillées par la tempête. L'artiste qui a créé cette chose divine n'a pas eu nos lâches tremblements de cœur et de main : appuyé à la colonne de marbre noir de la profonde Foi espagnole, il n'a pas reculé devant les horreurs transcendantes de la Passion ; il n'a pas eu peur de faire ruisseler le sang du Crucifié; il n'a pas eu cette crainte femelle née de nos petites dévotions de quatre sous. Sur ce corps plus beau que celui d'Endymion du paganisme pleuvent et s'acharnent les tortures sans nom, impuissantes à triompher de cet appétit surnaturel de tourments de cet Endymion de la Pénitence et de la Veille qui, de toutes les fleurs embaumées du Monde antique n'a gardé, pour le Monde nouveau, que le buisson dépouillé qui couronne sa tête sacrée. Je ne vois d'abord que le sang, le sang, ce Roi des choses humaines, comme il est le roi des mots: il coule sous ce nouveau buisson ardent qui cache un Dieu; il coule sur ces yeux, les seuls yeux dignes de contempler l'Immaculée Conception, sur cette bouche miraculeuse qui fait lever les morts ; dans cette barbe tiraillée, infectée de crachats et chargée de caillots noirs ; sur cette poitrine enfin, redoutable tabernacle du Sacré-Cœur, objet, disent les mystiques, de la dévotion suprême des derniers temps du monde.

Les yeux de ce Christ sont, à ce qu'il m'a semblé, en une sorte de faïence. Leur bleu profond est voilé d'un mobile rideau de pleurs. Ces pleurs, deux gouttes de lumière, ne coulent pas encore, mais on voit que les paupières en sont trop chargées et qu'elles ne pourront plus, tout à l'heure, les retenir. L'illusion est admirable. Ces yeux sont humides et vivants, non pas vivant du regard extérieur, mais du regard intérieur, bien autrement poignant et saisissant. Le Fils de Dieu n'a plus rien à voir sur la terre ; pas même Jean, pas même Marie. Marie va entrer dans le périhélie de sa Quatrième et de sa Cinquième Douleurs. Depuis la deuxième, les trois jours d'absence, elle est prodigieusement élevée en grâce et il ne lui est pas nécessaire d'être physiquement présente pour tout savoir et pour tout voir. Mais il faut néanmoins qu'elle soit partout et en particulier au Crucifiement, voici pourquoi :

Le Crucifiement ne peut être bien compris sans Marie parce que, sans elle, il n'est pas représenté fidèlement. Quel tableau que celui de la Grand'Messe de la Rédemption du Monde offerte par Jésus au Père Eternel pendant que des Anges sans nombre sont les auditeurs et les spectateurs ! Quand l'hostie est élevée, toute la nature inanimée tremble de terreur et d'adoration. La terre se couvre de ténèbres : ce qu'on doit reconnaître dans tous les siècles comme une marque de la présence de Jésus. Mais quel est le rôle de Marie ? Son cœur est le vivant autel de pierre sur

lequel le sacrifice est offert. Il est le servant, ce cœur
brisé dont les palpitations sont les réponses de la li-
turgie ; c'est le *thuribulum* dans lequel la Foi, l'Espérance, la Charité, l'Adoration du Monde brûlent
comme l'encens devant l'Agneau immolé qui efface
les péchés du monde ; et enfin le même cœur imma-
culé est le chœur, le chœur plus qu'angélique de cette
messe redoutable ; le silence des souffrances admirables de Marie ne chantait-il pas, en effet, des canti-
ques secrets et ineffables dans l'oreille ravie de l'hostie sanglante ?

La *Mater dolorosa* placée à la droite de l'*Ecce
Homo* dont je parle exprime cela supérieurement.
Mais je n'ai pas entrepris de t'en parler aussi. Et
d'ailleurs le sanglant Jésus absorbe tout.

Le nez est long et fin comme il arrive d'ordinaire
chez les hommes de très grande race. Les narines ou-
vertes et mobiles de l'héroïsme aspirent fortement la
Douleur ambiante et, pour ainsi parler, atmosphéri-
que, et se déploient au-dessus d'une bouche divine-
ment correcte à peine assez entr'ouverte pour que le
dernier soupir de l'Agneau s'en aille au ciel, et non
pas assez néanmoins pour qu'une plainte de la terre
s'en puisse échapper. Les dents, à peine plus blan-
ches que la pâleur même, éclairent un peu la cendre
rose des lèvres lavées au mystérieux torrent de Cé-
dron. Les dents supérieures seules s'aperçoivent. Rien
n'est plus noble. Les physiologistes qui ne sont que
cela n'y comprendraient rien. Notre-Seigneur n'a pas
eu le tétanos, pas même au crucifiement, et cependant

à l'*Ecce Homo,* il y avait déjà eu environ quatorze heures de tortures. Il ne l'eut pas même dans son âme à Gethsémani. Passible, mais tranquille, Jésus boit les tourments comme la terre qui devient féconde en buvant la sueur de l'homme.

Enfin la poitrine. Large à vider tous les carquois de la Haine, de l'Ingratitude et du Mépris ! Blanche et nue comme un steppe arrosé par des fleuves de sang ! Le Sacré-Cœur est là, pôle brûlant de l'Amour, où viennent se réunir tous les méridiens de la vertu. Ce sein se soulève un peu par-dessus ce cœur de Dieu trop plein des misères de l'homme, il se meut légèrement par l'effet de ce battement doux et formidable. Il y a des yeux qui ont vu cela !!!...

L'étonnant sculpteur a voulu faire aussi les mains et il les a faites comme tout le reste. Ce sont les plus belles mains de la terre, les mains de l'Homme-Dieu, le premier gentilhomme du monde, ces mains si belles, qu'on aurait pu attacher seulement, mais qu'il fallut percer pour les faire plus belles encore, comme si elles eussent été deux cœurs.

Telle est, dans mon souvenir, cette œuvre inouïe. Un seul homme pourrait la raconter. C'est notre grand et adoré d'Aurevilly dont je me suis efforcé de parler la langue. Je n'ai comme lui, en matière de peinture, de sculpture et de musique, que des sensations. Mais tu peux croire qu'elles sont profondes. Le reste, la finesse du connaisseur, ne m'est absolument rien.

Je me suis présenté à Dieu avec toi, cher ami, l'âme

toute pleine des grandes choses, dont je viens de bal-
butier quelques mots vides et glacés. Et comme c'était
le grand jour de l'Assomption et que pour la première fois nous allions communier ensemble, il me fut
donné une joie suprême que je renonce à te décrire. La
face sanglante du Christ devint sans même que je le
voulusse, l'objet de ma méditation. Elle m'apparut
positivement, non pas comme ton cœur pourrait le
croire, d'une manière complète et surnaturelle, mais
je la vis intérieurement, par un effort très réel de ma
volonté surnaturellement appliquée à la considéra-
tion des souffrances gigantesques de Notre-Seigneur
Jésus-Christ. La Sainte Vierge laissa tomber une de
ses larmes sur mon cœur et je me sentis, pour la première fois, extraordinairement purifié et fortifié. Tu
fus, en ce jour, mon tendre ami Georges, l'objet unique de mes impuissantes prières, et j'emportai du pied
de l'autel où nous avions reçu le même Dieu, une espèce d'assurance que mon départ n'aurait pas le pouvoir d'anéantir les mâles et saintes résolutions qui ve-
naient de descendre en toi.

J'ai fini. M'écriras-tu ? M'apprendras-tu comment
tu te portes de toutes manières ? Si ton congé sera re-
nouvelé ? etc. Non, tu ne m'écriras pas. C'est évident.
Cela me paraîtra dur, mais enfin j'avalerai cela avec
le reste. Je continuerai à me donner un mal atroce
pour t'écrire des lettres de huit pages, et quelles pages!
sans aucun espoir fondé de recevoir la moindre réponse. Cependant, si, par miracle, tu voulais bien
m'écrire, tu me donnerais des nouvelles de Victor à

qui je n'ai pas encore écrit. C'est honteux, c'est abominable, mais enfin je lui écrirai et toi, tu ne m'écriras pas. J'ai l'air de rire en te disant cela et cependant
l'espèce de certitude où je suis de ne rien recevoir de
toi me donne envie de pleurer. J'adresse cette espèce
de lettre chez Victor parce que j'ignore s'il est bon
que je t'écrive chez ton père.

Je vous serre l'un et l'autre, dans mes bras, sans miséricorde.

Léon BLOY.

Embrasse pour moi Mme L..., JE LE VEUX.

Nota bene. — Mon adresse est à Fénetrau, fau-
bourg Saint-Georges, Périgueux.

LETTRE IX

Périgueux, 25 avril 1873.

MON cher ami, je sens bien que maintenant j'ai perdu pour toujours le droit de te faire des reproches. Ma négligence est encore plus coupable que la tienne n'était désolante. Vraiment ! on pourrait croire que nous sommes les plus grands ennemis de la terre, tellement nous sommes ingénieux à nous tourmenter l'un l'autre. Mais quels amis nous devons être, ô mon Georges bien-aimé, pour avoir jusqu'à ce jour si cruellement, si parfaitement réussi ! Hélas ! de toutes les créatures humaines, vivant dans le monde, combien peu ont l'âme assez profonde pour savoir à quel point la douleur spiritualise les affections ! Les âmes vulgaires pensent que la tendresse du cœur, cet inestimable trésor de la vie, est comme une monnaie qui ne se frappe que dans des palais enchantés à l'effigie rayonnante de la magnificence et du bonheur. Je ne connais pas de pensée fausse qui soit aussi parfaitement bête que celle-là. C'est précisément le contraire qui est vrai. Il faudrait écrire un livre de génie pour démontrer cette vérité, pourtant si vulgaire, qu'il faut avoir souffert pour être capable d'amour. L'amour est un acte de la volonté, mais la douleur est toujours une révélation antérieure à cet acte même parce que *l'homme a des endroits de son pauvre cœur qui*

n'existent pas encore et où la douleur entre afin qu'ils soient. C'est pour cela que le martyre, c'est-à-dire l'acceptation complète de toute la douleur possible, précipite en un instant l'âme dans l'amour parfait sans passer même par l'imitation laborieuse de la pénitence. Nous avons tous vu cela dans l'histoire des saints et nous l'avons plus ou moins compris. Mais il paraît évident que Dieu ici ne fait pas tout d'une manière surnaturelle et que ce sont là les lois mêmes de l'être humain. Oh ! mon Dieu ! que de grandes choses on pourrait dire sur la douleur envisagée métaphysiquement. Pour moi je ne cesse d'y penser et plus je considère cette grande et inflexible nécessité de nos cœurs que l'homme rencontre partout « statue muette et en larmes toujours devant lui » plus je la trouve belle, bienfaisante, sainte et divine. Elle est cette clef de diamant avec laquelle je suis entré dans mon propre cœur ; elle est ce saint voile empreint de la Face sanglante de notre très doux Sauveur crucifié. On sait que les étoiles sont toujours à la même place dans le ciel, mais selon les états différents de l'atmosphère, elles semblent beaucoup plus éloignées qu'à d'autres moments ou bien elles paraissent beaucoup plus rapprochées et ressemblent à des larmes de lumière prêtes à tomber sur la terre. Il en est ainsi de Dieu. La joie le fait paraître éloigné tandis que l'affliction le rapproche et le fait comme habiter en nous. Lorsque les afflictions surviennent, nous sentons instinctivement leur liaison avec les grâces qui les ont précédées, de même que les tentations ont souvent en elles quelque chose qui nous rappelle les victoires passées. Elles arrivent l'une après l'autre frappant des coups répétés sur nos pauvres cœurs d'un air si modeste et si céleste à la fois que sous leur déguisement transparent, il est aisé de reconnaître des anges... Un cœur sans afflictions est comme un monde sans révélation ; il ne voit Dieu qu'à la faible lueur du crépuscule. Nos cœurs sont remplis d'anges quand ils sont pleins d'afflictions.

Je me rappelle en ce moment avoir lu dans le père

Faber un admirable mot qui, d'ailleurs, a été cité partout. « *Sur le Calvaire, des milliers d'âmes dans les bras de Marie, ont découvert combien il était bon d'avoir le cœur brisé, car la déchirure de leur cœur leur faisait voir Dieu.* » Sainte Douleur je te bénis et je t'appelle comme une libératrice, comme une mère forte et attentive et je ne veux pas que les créatures m'éloignent et me consolent de toi! Je sais d'ailleurs qu'il y a une véritable consolation profondément cachée, il est vrai et cependant à notre portée, dans ce renoncement à toute consolation humaine. C'est dans les ténèbres de la nature que nous trouvons réellement le voisinage de Jésus. C'est lorsque les créatures chéries sont absentes, ô mon tendre ami, que nous sommes soutenus dans l'embrassement sensible du Créateur. Les créatures apportent l'obscurité avec elles partout où elles s'introduisent. Par la tendresse qu'elles nous inspirent elles nous gênent, interceptent les grâces, cachent Dieu, nous privent des consolations spirituelles, nous rendent languissants et irritables. Elles remplissent tellement nos sens extérieurs que nos sens intérieurs sont incapables d'agir. Nous désirons souvent que notre vie soit plus divine. Mais elle l'est en réalité plus que nous le croyons. C'est la Douleur qui nous révèle cela. La douleur nous enferme dans la Volonté de Dieu comme dans une tombe ; elle nous environne comme le linceul d'une nuit profonde ; elle resserre graduellement notre horizon et le vaste univers se rétrécit pour nous. Il se rétrécit encore : d'abord, un objet disparaît, puis un

autre ; nous devenons de moins en moins distraits.
Notre vie intérieure est mieux éveillée. Notre âme
devient forte. Et maintenant nous voici sur le Calvaire... La ligne de l'obscurité a touché Jérusalem
elle-même. Les consolations mêmes de la Cité spirituelle ont disparu. C'est à peine si les casques des soldats jettent un dernier reflet sur le fond obscur. La

verdure de la montagne devient noire. Pendant un
instant nous sommes aveuglés... Ensuite, par degrés,
la blanche figure de Jésus se détache au milieu de
l'obscurité profonde. Son sang coule chaud sur nos
mains quand nous saisissons la Croix, car ce n'est pas
une apparition : c'est la Vie. Nous sommes avec Dieu,
notre Créateur, notre Sauveur. Il est tout à nous, *il
est tel que nous l'a fait l'éloignement des créatures.*
Il était toujours là, toujours le même dans nos âmes,

seulement il était éclipsé par le faux éclat des créatures. Il paraît enfin, dans la nuit, comme les étoiles. La lune blanche du midi ne nous séduit pas par sa beauté. C'est seulement dans la nuit qu'elle nous charme. De même c'est l'obscurité d'un Calvaire spirituel qui répand sur nos âmes la douce clarté de notre admirable Sauveur.

Je connais beaucoup une âme qui a souffert longtemps et cruellement de diverses manières. Cette âme s'est imaginée un jour que l'amour des créatures pourrait la consoler. Mais elle ne voyait pas que son cœur avait acquis une sensibilité, une délicatesse si exquise que la moindre affection était désormais capable de le pénétrer et de le transpercer entièrement. Elle ne voyait pas cela et elle a jeté son cœur dans ce gouffre. Aujourd'hui, elle travaille à le reconquérir et Dieu, Dieu seul, voit et connaît ce tourment. Ce Cœur blessé saigne dans la main du Père céleste. Celui-ci le consolera. Nul autre ne le pourrait faire !

Aussi n'y a-t-il absolument aucune disposition de l'âme, aucun don, aucune grâce pour supporter le malheur qui puissent être comparés à la *simplicité*. La simplicité amène à la suite la droiture du cœur et des yeux. Il est dans la nature de la simplicité d'être trop maîtresse d'elle-même pour être prise à l'improviste par ces tentations subtiles qui nous assaillent dans l'affliction et qui, sous prétexte de prudence ou d'un bien plus grand, nous détournent artificieusement de Dieu pour nous faire reposer sur des créatures. La simplicité est entourée d'un cercle de lumière, même dans les ténèbres, comme la lune qui brille à travers un brouillard. S'il n'y a pas alors assez de lumière pour guider la marche, il y en a du moins assez pour garantir contre les surprises.

Je ne finirais pas si je voulais décrire les merveilleux effets de la Douleur sur les facultés de l'homme et sur son cœur ; elle est *l'auxiliaire de la création*. Cela est le sommet de la métaphysique. Mais comment n'en parlerions-nous pas! Elle nous a si bien mêlés l'un à l'autre. Je t'ai connu dans la Douleur, nous avons vécu, nous nous sommes aimés dans l'affliction et nous allons bientôt nous retrouver dans les pleurs. Cela prouve tout simplement que Dieu nous aime beaucoup. Et j'en suis tellement persuadé que je m'attends à quelque chose d'encore plus exquis en fait de tourments, d'incomparablement plus profond dans l'ordre de la douleur, avant longtemps. Dieu a commencé par nous donner toute notre charge, et nous finirons par reconnaître, quand nous ne serons plus des enfants que c'était, en somme, bien peu de chose; mais à mesure que nous deviendrons plus forts, cette charge augmentera, cela est certain, et nous devrions nous en réjouir. Je dis qu'elle augmentera et il n'est pas nécessaire de l'entendre d'une manière spirituelle ; elle augmentera tout simplement, tout naturellement en nous avec la faculté de souffrir et cette faculté-là nous n'en sommes dépourvus ni l'un ni l'autre, je t'en réponds. En effet, il ne nous arrive presque jamais, soit dans la douleur, soit dans la joie, d'embrasser tout le présent simultanément. En tout ce qui nous arrive, *ce qui est implicite dépasse toujours ce qui est exprimé.* C'est ce que nous voulons dire quand nous parlons d'une douleur croissante. Ce n'est pas la Douleur qui croît, c'est l'appréciation que nous en faisons et ce progrès tient à l'imperfection de nos esprits. De là vient que nous paraissons souvent plus héroïques que nous ne le sommes réellement. Nous ne portons de notre fardeau que ce que nous en voyons et nous n'en voyons qu'une portion. Notre Père céleste le fait descendre sur nous graduellement en partageant le poids entre sa propre main et nos épaules jusqu'à ce que l'habitude nous rende capables de supporter la pression entière sans être écrasés... Nous ne pouvons jamais aller aussi vite que le présent par l'intelligence ou par le sentiment. C'est ainsi que les douleurs sont pour la plupart moins pénibles à supporter qu'elles ne le semblent ; car nous les supportons par degrés, presque à notre insu. Sais-tu pourquoi Jésus-Christ a tant souffert ? Je vais essayer de t'en donner en deux mots une idée inouïe. C'est parce que dans son âme, tout le temps de sa vie, il y eut une identité parfaite du présent, du passé et de l'avenir. Cela est particulièrement frappant à l'agonie du Jardin des Oliviers. Mais cette pensée est un gouffre...

O mon ami, mon pauvre ami Georges, je prévois de telles choses dans l'avenir, que je voudrais te faire bien comprendre la nécessité chrétienne de souffrir. Accepter le présent, ce n'est rien, mais accepter l'avenir! Dans la plupart des cas, les afflictions prévues sanctifient plus que celles qui ne le sont pas. Couverte d'ombre, la vie devient plus douce, elle devient plus céleste pendant l'éclipse de la terre. L'affliction prévue s'accorde mieux avec les lois ordinaires de la Grâce ; c'est un procédé moins périlleux que ces terribles surprises qui fait les saints comme se fait la monnaie par un seul coup violent, par une seule et dure pression quand le métal sort du feu. Qu'ils sont heureux et puissent-ils voir leur bonheur ceux qu'une affliction visible attend toujours à quelque distance en avant sur leur route ! C'est ainsi que le chemin a été préparé pour la grande majorité des prédestinés.

Avant de poursuivre je viens de relire ta lettre encore une fois. Elle est singulièrement amère et éloquente et elle m'a si profondément affligé et troublé que j'ai cru qu'il ne me serait pas possible d'y répondre. C'est pour cela que j'ai si longtemps et si lâchement différé. Ce qui m'a surtout navré, tu viens de le voir, c'est cette confiance en moi, cette croyance que j'ai ce qu'il te faut dans le creux de ma main, qu'il me suffirait de l'ouvrir pour te consoler. Pauvre âme affligée ! quelle erreur est la tienne ! Tu penses que j'ai assez de pénétration et assez de cœur pour te donner autre chose que ces imbécillités désolantes si libéralement prodiguées par les donneurs d'avis en général : « ayez du courage, prenez patience, etc., etc. » Le cœur se soulève rien que de penser à ces consolateurs idiots pour lesquels La Rochefoucauld disait — qu'on a toujours assez de force pour supporter les maux d'autrui. — En fait de courage et de patience on a ce qu'on a et on prend ce qu'on peut. Il y a de

malheureuses âmes au martyre qui n'ont pas l'air
d'être très résignées et qui sont cependant sublimes
devant Dieu, tout simplement parce qu'elles ne se
laissent pas tomber dans le désespoir. En général, la
vie est insupportable. Voilà la vérité et le sérieux des
choses. Si je ne faisais pas la Communion très souvent, je t'assure que je mourrais de dégoût. D'ailleurs,
il y a un mot de M. de Saint-Bonnet, mot terrible pour
ceux qui ne sont pas chrétiens : « L'espoir », dit-il, « est
« pour s'évanouir, l'illusion pour disparaître, la jeu-
« nesse pour se flétrir. Aimes-tu ? un cœur te sera re-
« fusé. Es-tu aimé ? Ceux qui t'aimaient ne sont plus.
« *Tout grand soupir est ignoré, la vraie larme n'est
jamais vue*, LE CŒUR, LE CŒUR EST TOUJOURS SEUL. »

J'essaierai cependant de quelques avis. Tu m'a-
voues que ce qui t'éloigne le plus de la Confession
c'est l'extrême médiocrité de tant de prêtres. C'est-à-
dire, que tu voudrais que Dieu gouvernât son Eglise
par des *moyens humains,* mais passons. Tu voudrais
que le prêtre fût un profond moraliste. Mais, malheureux enfant, il est dix mille fois mieux que cela,
puisqu'il est prêtre de Jésus-Christ. Tu dis encore que
tu voudrais une pénitence proportionnée à la faute.
Ce dernier mot, souffre que je te le dise, n'est que du
bavardage sentimental. Sainte Catherine de Gênes
tombait en défaillance quand il plaisait à Dieu de lui
montrer en vision l'horreur d'un seul péché *véniel.*

Tu voudrais être *jugé,* toi ! Mais tu me fais peur !
Pourrions-nous vivre si Dieu nous montrait à nous-
mêmes tels que nous sommes. IL FAUT QUE NOUS

SOYONS DEVENUS IMMORTELS AVANT QUE L'HEURE DE NOTRE JUGEMENT ARRIVE. Qu'il t'en souvienne, cela est le triple fond de la doctrine. Enfin tu me dis qu'il entre peut-être de l'orgueil dans ton appréciation. Certes ! tu peux le croire. Il y entre surtout beaucoup d'ignorance. La confession, pour des âmes aussi nobles que la tienne, ne doit pas se discuter même dans la pratique. Il faut laisser cela aux goujats. Ce qu'il y a ici de particulièrement inouï c'est l'infirmité même de l'instrument. Si un prêtre était totalement imbécile, il ne me paraîtrait que plus sublime. Je penserais que le Fils de Dieu, la Sagesse du Tout-Puissant et le Dieu des sciences, escorté de neuf cent millions d'esprits célestes, descend tous les jours du haut des cieux à la voix de cette pauvre créature et je resterais comme écrasé d'admiration et de Foi — tu oublies trop que la Confession est un commandement. Je n'ai que deux choses à te dire et puissent-elles arriver jusqu'à ton cœur.

Premièrement. Il n'y a pas d'exemple qu'une âme repentante n'ait pas fini par trouver la direction qu'il lui fallait. Dieu ne permet jamais qu'une aussi sainte inquiétude demeure stérile. Secondement. Il y a trois personnes dans la Confession : Jésus-Christ, le confesseur et le pénitent. C'est une image absolument exacte et profonde de la sainte Trinité. (Si j'avais le temps j'essaierais de te développer cette idée qui est prodigieuse.) Ces trois *personnes* concourent à une action identique, mais elles sont parfaitement distinctes les unes des autres, et chacune d'elles a son action propre. Notre-Seigneur Jésus-Christ et le confesseur ne font pas tout. Il faut que toi, le Pénitent, tu essaies de voler un peu de tes propres ailes. Dieu a donné la liberté à l'âme de l'homme. C'est pour qu'il en use. Il faut beaucoup lire les livres capables de te donner de l'admiration pour Dieu, de te provoquer à l'amour. Tu as de l'imagination, eh bien! lis les livres éloquents : les sermons et les méditations de Bossuet, les lettres spirituelles de Fénelon, l'amour de Dieu de saint François de Sales, le Père Faber, ce Shakespeare deuxième de l'Angleterre. Prie beaucoup et confesse-toi par obéissance. Communie *par obéissance.* Tu le feras bientôt par amour.

J'ai 'fini maintenant. Que pourrais-je te dire de plus ? J'ai mis mon cœur dans cette lettre. Si quelques-unes des choses que tu y trouveras te paraissent dures et te font de la peine, pardonne-moi, je t'en conjure. Je viens de faire tout ce que je pouvais. Dans quelques jours je te serrerai dans mes bras. *Je serai à Paris, samedi prochain, 3 mai, à trois heures de l'aprèsmidi.* Ce jour-là est la fête de l'Invention de la sainte Croix, c'est-à-dire la Commémoration du jour où sainte Hélène, mère de Constantin, retrouva la Croix de Notre-Seigneur Jésus-Christ à Jérusalem, cette relique plus précieuse que tous les mondes dont la seule vue fit expirer d'amour un saint qui était allé la voir. Je n'ai pas choisi le jour de mon arrivée à Paris et je trouve cette rencontre bien remarquable. Je vais à Paris, *pour y rester* et sans aucun projet. C'est assez te dire que je trouverai la Croix, moi aussi. J'y

5

vais aussi pauvre que lorsque je l'ai quitté, mais peut-être avec un peu plus de courage et de confiance en Dieu qui, je l'espère, me fortifiera. Je t'expliquerai à loisir comment un plus long séjour ici m'est devenu impossible. Mais quelle chose étrange! J'ai beaucoup souffert à Périgueux, j'ai beaucoup désiré de le quitter et voici qu'au moment de partir, je sens que mon cœur se brise. La joie de vous revoir, mes bons et fidèles amis, cette joie que j'aurais jugée capable de me consoler de tout, n'adoucit en aucune manière l'amertume affreuse et inexplicable de ce départ. J'avais déjà pris racine. Hélas ! que je suis admirablement organisé pour n'être jamais heureux dans le monde!

Hasta la vista. Je vais écrire à Victor et je voudrais, comme disait mon admirable et sainte Eugénie de Guérin, avoir les bras assez longs pour vous embrasser tous les deux en quelque lieu que vous fussiez.

Léon-Marie BLOY.

Désolation ! Je viens de recevoir une lettre de Mme Bodin qui m'apprend que tu quittes Paris le 1er mai. Vraiment je ne suis pas heureux avec toi. Impossible d'avancer d'un seul jour mon départ. Il est vrai que tu ne vas qu'aux eaux et qu'ensuite tu retourneras à Paris. Si tu pouvais trouver la force de m'écrire immédiatement quelques mots, je verrais ce qu'il est possible de faire.

LETTRE X

Paris, le 22 juin 73.

Mon pauvre Georges,

Tu as raison mille fois. Je suis très peu *généreux* de ne pas t'écrire. Et aujourd'hui même je ne t'écris pas encore. Je t'envoie tout simplement quelques mots pour te consoler s'il est possible, et pour te prier d'avoir pitié de ton pauvre ami Bloy qui livre *en ce moment* la plus grande bataille de toute sa vie et qui ne sait où donner de la tête.

Il m'est arrivé les choses les plus extraordinaires et les plus incroyables et LES PLUS HEUREUSES. Inutile de chercher, tu ne devinerais pas, quand même tu aurais la pénétration de notre grand Amiral, qui en a été étonné et qui ne devinait certes pas. Mais cela demande une lettre un peu longue et à ce propos j'aurai quelques observations à te faire sur certaines

choses que tu oses me dire. J'ai lu tes lettres à
M. d'Aurevilly qui m'a dit : Ecrivez à Georges qu'il
a raison de m'adorer, car je n'aime personne plus
que lui.

L'excellente Justine t'enverra demain le 3ᵉ et dernier article sur Grégoire VII. M. d'Aurevilly, de
chez qui je sors à l'instant, vient de me le lire et je
t'assure que rien de plus beau ni de plus grand n'a
été écrit. Les deux articles précédents si admirables
et si lumineux ne sont pourtant que comme le trépied
matériel sur lequel vient de s'allumer cette flamme.
Non ! c'est inouï ! Je pleurais en l'écoutant et je suis
encore tellement pénétré que je me sens honteux de
ces phrases vaines que voilà !

A bientôt, je te le promets et tu peux compter sur
d'étranges nouveautés.

Conserve bien tous les journaux et rapporte-les ;
j'y compte.

Je t'embrasse.

Léon-Marie BLOY.

LETTRE XI

1873, Dimanche 6 juillet,
fête du Précieux Sang.

Tu le vois, mon cher Georges, c'est toujours la même détestable histoire. Toujours des lettres qui ne viennent pas et toujours des amis qui les attendent. Il deviendra nécessaire que le cœur s'y accoutume et il faudra, je ne le vois que trop, dans un temps donné se chérir en silence. Mais enfin ce temps n'est point encore venu et comme tu vois je finis par t'écrire, au lieu de finir par ne pas t'écrire comme cela pourrait fort bien arriver si ce temps était venu. Et que de choses à te dire, ô mon pauvre Georges ! D'abord tes lettres très belles et très tendres auxquelles il faut que je réponde d'une façon qui ne soit point vulgaire. Ensuite toutes les choses qui me sont arrivées, lesquelles, il est vrai, n'ont d'intérêt que pour un cœur d'ami comme le tien.

Voyons d'abord tes lettres. Tu me reproches tout

naturellement de ne pas t'écrire et tu as l'air de dire ou plutôt tu dis assez nettement que ma continuelle préoccupation est de t'écrire des lettres qui soient des chefs-d'œuvre et que les chefs-d'œuvre sortant généralement fort peu, c'est la raison de la rareté extrême de mes lettres. Eh bien ! après ! quand cela serait ! Tu ajoutes que tu as de moi « une ou deux *admirables* lettres écrites évidemment sans grande préoccupation littéraire qui, même, peut-être ne t'ont donné aucune peine, etc. ». Ah! tu crois cela, toi! tu penses qu'il est en mon pouvoir d'écrire sans aucune peine une chose quelconque. Cher ami, c'est une erreur extrême, une erreur politique. Si j'avais un bottier et qu'il me fallût par lettre lui réclamer des sous-pieds commandés depuis dix-huit mois, j'aurais autant de mal que s'il s'agissait de faire l'éloge historique de Félix Pyat, par exemple, ou de t'écrire sur la Providence. J'écris peu parce que écrire est pour moi un supplice affreux. Je me suis vu ayant à écrire de simples lettres d'affaires ne pouvoir positivement pas et rouler de fatigue dans une espèce d'accablement intellectuel assez semblable à l'idiotie. Cette impuissance ne doit pas toujours durer, je le sais. Elle cessera quand mon esprit aura fini sa croissance. Mais cela peut durer encore quelque temps.

Je relève tes expressions parce que si elles étaient strictement exactes, il pourrait être entendu que je t'écris beaucoup plus pour moi, que pour toi. Certes je ne suis pas encore assez avancé dans la lumière de Dieu pour voir clair dans cet odieux cloaque que l'on est convenu d'appeler mon cœur. Mais j'espère que cela ne s'y trouve pas. Pauvre Georges, je t'aime beaucoup plus que je ne m'aime moi-même, car je me fais horreur et tu ne me fais pas horreur, je n'ai pas de confiance en moi et j'ai confiance en toi. Tu as presque raison de dire que tu me dois tout, car je t'ai senti et je te sens tous les jours sortir de moi. J'avais même rêvé de transporter ma vie en toi, de me contempler et de me purifier en toi comme font certaines mères coupables qui élèvent saintement leurs filles, afin d'en faire une beauté, une vertu, un rayonnement dans leur âme obscure, un bouclier contre la justice de Dieu. J'avais rêvé de te servir de marchepied après que tu serais tout à fait sorti de moi. Mais Dieu qui sans cesse nous sépare veut sans doute autre chose.

Voici maintenant quelle est ma position et quelles sont les choses merveilleuses que je t'ai promises.

Lundi, 7.

Eh bien ! non ! ce n'est pas possible. Tu vas crier au mensonge, à la paresse, à tout ce que tu voudras. *Mais je n'ai pas le temps.* Tu n'as pas d'idée de ma vie, et pour te donner cette idée-là il faudrait précisément une longue lettre *passablement étudiée,* car je me trouve en présence d'une complexité de mystère qui ne permet pas que je me comprenne facilement moi-même. Nous en parlerons tête à tête et cœur à cœur à ton prochain retour. Qu'il te suffise de savoir pour le moment que je suis entré de plain-pied dans la vie surnaturelle. Cela de la manière la plus soudaine et la plus miraculeuse. Je suis relativement heureux pour la première fois de ma vie. Lorsque tu es parti j'avais trouvé un emploi. Je n'ai pas tardé à le perdre et j'ai vu s'avancer vers moi l'effroyable douleur d'autrefois. De quelle horreur je fus saisi, ai-je besoin de te le dire ? *Mais la Sainte Vierge m'a fait avoir un autre emploi* beaucoup meilleur que le premier et c'est une admirable histoire que j'ai besoin de te raconter.

Je me serais décidé malgré tout à t'écrire tout ce long détail et j'aurais pris le temps nécessaire au risque de te faire souffrir, tellement l'âme a besoin de se répandre au dehors dans la joie comme dans la tristesse. Mais voici ce qui me force à couper court et à t'envoyer ma lettre sans plus de retard.

Tu m'as annoncé pour le 14 ou le 15 de ce mois ton départ de Bourbonne et ton passage à Paris. Je l'ai dit à M. d'Aurevilly qui va s'en aller en Normandie et qui ne *veut* pas partir sans t'avoir revu. Je le vois souvent et il me parle sans cesse de toi. Comment t'y es-tu pris pour t'en faire aimer à ce point? Il me disait l'autre jour avec une véritable tendresse : « Pau-
« vre petit Georges, je serais bien fâché qu'il ne lui
« fût pas possible de me revoir. Je l'aime tellement
« que je ferai pour lui ce que je ne ferais peut-être
« pour personne. *Je retarderai mon voyage pour l'at-*
« *tendre.* »

Il est convenu qu'à ton arrivée il nous emmènera, Victor, toi et moi, dans *quelque cabaret* pour y faire ensemble un dîner d'adieu.

Eh bien ! mon Georges, vois ce que tu peux faire. Le problème à résoudre est celui-ci. Passer par Paris vers le 15 ou tout au moins du 15 au 20, — il ne faut plus compter, je le crains, sur M. d'Aurevilly après le 20 — et y rester le plus possible. Si c'est difficile, développe ton génie et réussis quand même. Je t'assure que tu manquerais bien à la fête que M. d'Aurevilly nous prépare.

Enfin écris-nous immédiatement pour nous apprendre ce que tu comptes pouvoir faire. Ce n'est pas moi qui te demande d'écrire, c'est M. d'Aurevilly qui l'exige. Je crois même que tu lui feras grand plaisir en lui écrivant à lui-même.

Justine va t'envoyer le dernier article du *Constitutionnel,* une étude magnifique sur Gavarni. Elle m'a déclaré péremptoirement qu'elle ne t'en enverrait plus désormais si elle n'était pas fixée sur le jour exact de ton départ de Bourbonne.

Apporte-moi ta collection.

Je t'embrasse.

Léon-Marie BLOY.

82, rue Vaneau.

LETTRE XII

Mardi, 23 novembre.

Mon cher Georges,

JE t'envoie 10 francs. C'est tout ce que je possède.
Il est probable que la personne qui t'a prêté cet
argent s'en contentera et voudra bien attendre quelques jours. La semaine prochaine, Victor ou moi, nous
t'enverrons certainement quelque chose. Alors tu
pourras payer le reste des 12 francs et avoir encore
quelque sous devant toi. Mais je ne suis pas content
de toi. Puisque tu avais un si pressant besoin d'argent
pourquoi ne t'es-tu pas adressé de préférence à nous.
Il ne nous en aurait pas plus coûté il y a deux ou trois
semaines qu'aujourd'hui. Je t'en prie, garde-toi bien
d'emprunter de l'argent à des étrangers, tu pourrais
ainsi te jeter dans d'affreux embarras. Je crois bien
que tu ne peux compter que sur Victor et sur moi.
Nous ne te manquerons jamais, tu peux en être certain. Mais songe à notre position. Nous ne pouvons
pas répondre de tout et si tu fais des dettes que nous

ne puissions pas payer (et il ne faudrait pas aller bien loin) que deviendras-tu? Encore une fois aie confiance en nous et ne crains pas de nous demander ce qui pourra t'être nécessaire.

Tu trouveras à la poste restante un dictionnaire et une grammaire avec deux journaux. M. B. d'Aurevilly a fait très peu d'articles depuis deux mois. Il a été malade à peu près tout ce temps-là et il n'est encore que très imparfaitement guéri. Cependant il a pu se remettre à son théâtre comme tu le verras.

Il est certain que j'aurais dû t'écrire moins rarement que je ne l'ai fait. J'avais beaucoup à te dire et il m'était douloureux de te savoir privé de toute espèce de consolation. Mais je me trouve moi-même dans une terrible situation que bien peu de gens seraient en état de comprendre. Je m'expliquerai aussi clairement que possible dans ma prochaine lettre et je ferai en sorte que tu ne l'attendes pas trop longtemps.

Pourquoi m'écris-tu des lettres si courtes ? Elles m'apprennent peu de choses. Tu me dis bien que tu suis un cours de français. Il peut y avoir beaucoup à dire là-dessus, mais j'ai besoin d'être mieux renseigné par toi. Qui fait ce cours, quel en est l'esprit, quel en est le but ? Certes, je suis loin de prétendre que tu saches parfaitement le français et que tu n'aies plus besoin de l'étudier. Mais j'ai peur de te voir perdre un temps précieux. Il me semble, au point où tu en es, que le plus sûr moyen de te fortifier dans la langue française serait d'en *remonter le cours*.

Le latin et l'histoire, voilà ton programme. Je n'en connais pas de meilleur pour toi. Je ne te regarde pas comme un garçon ordinaire. Il y a en toi de brillantes facultés qu'il serait coupable de laisser avorter. Je te prédis du talent pour l'avenir. *Il viendra sûrement.* C'est une plante qui pousse dans tous les milieux et dont l'éclosion est spontanée. Mais il faut qu'elle soit fécondée par quelque chose. Il n'y a pas de plus lamentable spectacle que celui d'un homme de talent ignorant. Or, le latin est la science mère, la science par excellence. Tout ce qu'il importe réellement de savoir est inabordable sans cela : Théologie, Droit, Histoire, Langues vivantes. — J'affirme qu'il est impossible d'approfondir quoi que ce soit de ces quatre choses nécessaires, sans une connaissance sérieuse du latin. — Tu me dis que tu connais un jeune prêtre chez qui tu vas. Il peut te servir, en cela, merveilleusement. Je t'enverrai tous les livres nécessaires et même je t'indiquerai une méthode excellente, très rapide et jusqu'à un certain point très agréable. Je te répète ce que je t'ai déjà dit plusieurs fois : tu n'auras jamais une meilleure occasion d'étudier ; tu n'auras jamais autant de loisir que maintenant. Je voudrais pouvoir te faire comprendre l'espèce de fièvre qui m'est venue. Je dévore littéralement des livres innombrables que je suis au désespoir de n'avoir pas lus depuis longtemps. C'est une honte pour moi, au point de maturité intellectuelle où je suis parvenu, d'ignorer tant de choses nécessaires que je devrais si bien savoir, et d'être paralysé par cette ignorance. Je

vis ainsi consumé du désir de rattraper le temps perdu et je frémis à la pensée des regrets mortels que tu
te prépares par ta négligence.

Envisage bien ceci : que tu es *condamné au talent.*
Il viendra tôt ou tard. J'en suis sûr comme de l'existence de Dieu, et s'il ne trouve pas un accueil digne
de lui, si tu n'as rien préparé pour le recevoir, tu peux
compter qu'il te torturera. Songes-y bien : Un homme
supérieur doit être un saint ou un savant, il doit être
soutenu par l'orgueil ou l'humilité, sinon il est perdu.

Pourquoi n'écris-tu pas à M. d'Aurevilly. C'est un
grand bonheur de le connaître. Il faut entretenir
cette connaissance. Ecris-lui de loin en loin. Quand
même il tarderait à te répondre, tu y gagneras toujours
ceci qu'il se souviendra de toi.

Ecris aussi à ce pauvre M. Pinet qui vraiment n'est
pas heureux dans ce moment-ci.

M. Fossé d'Arcosse et les autres ont été touchés
de ta lettre. Ce sont de bons garçons. Je n'ai pas à me
plaindre d'eux, au contraire. Ils n'ont pas d'esprit, mais
ils sont bien élevés et dans ce misérable temps-ci, cela
vaut de l'or.

Rochefort est élu. Il a acheté ce triste et dangereux
honneur au prix de bassesses inouïes jusqu'à lui. Mais
il est trop engagé. Il a promis entre autres choses
l'abolition de la misère. L'ouverture des Chambres
mettra certainement un terme à la scandaleuse po-
pularité de cet impudent personnage. Alors malheur
à lui ! Il recevra de la main même de ses chers élec-
teurs, le juste prix de sa conduite. Il y a gros à parier

qu'on l'empalera. Je n'ai pas besoin de te dire avec
quels transports de joie j'en accueillerai la nouvelle.
L'ouverture de la session législative a lieu le 29 novembre. Il faut s'attendre à quelque chose d'inouï.
Le parlementarisme tombe dans le pugilat et les pratiques de carrefour. Je te conseille de suivre ces in-
téressantes discussions. C'est une page d'histoire qui
en vaut bien une autre et qui certainement t'amusera.

Au revoir, mais je t'en prie, écris-moi des lettres un
peu plus longues.

Léon BLOY.

Dans ta lettre à M. Fossé d'Arcosse tu parles de
venir à Paris au mois de janvier. Je t'en prie fais tout

ce que tu pourras pour cela. Je n'ai pas besoin de te
dire que tu trouveras chez nous logement et nourriture. Accuse-moi promptement réception de cette let-

tre. As-tu lu l'article de M. d'Aurevilly sur Lessing dans le *Constitutionnel* ?

M. Flaubert vient de vomir un roman ignoble. M. d'Aurevilly a fait un article sur lui. Il paraîtra aujourd'hui ou demain dans le *Constitutionnel*.

LETTRE XIII

POUR que je te réponde, envoie-moi un timbre dans ta lettre, j'ai dépensé jusqu'à mon dernier sou pour le voyage.

Mon cher Georges,

Me voici de nouveau à la Trappe. Je suis parti avec douleur et j'arrive avec désespoir, Que vais-je devenir ? Dieu le sait. Prie pour moi si tu en as le courage. Je suis arrivé à un point où la vie est tellement insupportable que les démarches les plus violentes et les plus irréparables ne coûtent absolument rien. J'ai envoyé ma démission.

La question envisagée avec virilité se présente donc ainsi. Ou bien Puyjalon réussissant m'appellera dans quelques jours, ou bien je resterai à la Trappe, dussé-je en mourir. Dans le premier cas tout est bien, dans le second il reste mes dettes. Voici comment je les paierai. Je cèderai à mon frère aîné la totalité de ma part d'héritage à la charge par lui de t'envoyer 50 frs. tous les mois jusqu'à extinction. Tu recevras en même temps la liste de mes dettes.

En attendant, je te prie d'aller voir Mme Bodin. Il me faut ses prières et celles de sa mère. Rappelle à Mme Bodin que ma mère l'a plusieurs fois appelée sa fille et que c'est à titre de *frère* que je lui demande de prier pour moi. Un seul homme, un prêtre sait à quel point je suis malheureux.

Dans huit jours, va voir Puyjalon, 34, rue des Boulangers, à un coin de la rue Monge. Il te verra avec plaisir — que je sois instruit par toi de la marche de ses affaires.

Si tu m'aimes, va tous *les mercredis* à l'autel de Saint Joseph à N.-D. des Victoires. Fais brûler un cierge de dix sous et prie à ma place avec le plus de ferveur que tu pourras.

Fais savoir à d'Abzac que je suis ici, tu es assuré de le trouver entre 6 heures et 6 h. 1/2 tous les soirs. Je lui demande des prières au nom de Notre Sauveur.

Quant à Puyjalon tu le trouveras entre 8 et 9 tous les soirs.

Maintenant, mon pauvre Georges, il faut, toi, Victor et Michel me pardonner ma fuite. Je ne voulais pas être combattu ni retardé. Cependant j'ai essayé de te voir samedi, on doit te l'avoir dit.

Je supplie Victor surtout de ne pas me juger avec trop de rigueur. Le fait relatif à Blavet qui a déterminé mon départ n'a été qu'une goutte d'acide prussique dans un verre plein de poison et près de déborder.

Ma démission est conçue dans de tels termes, qu'elle ne peut, en aucune façon, lui nuire. Il doit se considérer comme dégagé de toute solidarité.

Au revoir, je l'espère.

Ecris-moi bientôt.

Léon Bloy,

à la Grande Trappe,

par Mortagne (Orne).

Parle de moi avec M. d'Aurevilly. Je vous aime tant tous les deux.

Léon Bloy.

LETTRE XIV

Lundi de la Pentecôte 78.

Envoie-moi deux timbres dans ta prochaine.

Mon cher Georges,

J E te remercie d'abord pour ce que tu as fait mercredi et pour ce que tu veux faire mercredi prochain. Ensuite je te remercie pour tout le reste. Seulement je regrette que tu n'aies pu, avant samedi dernier, informer de mon départ ni Mme Bodin, ni d'Abzac. J'ai des raisons à moi pour tenir extrêmement à ce qu'ils en soient instruits. Je leur aurais écrit s'il m'était seulement resté 15 centimes. Souviens-toi, mon ami, que je compte *absolument* sur toi, considère que j'accomplis en ce moment des choses dont ma vie tout entière va peut-être dépendre et que mon départ pour la Trappe aura été, dans un certain cas, la dernière de mes évolutions. Tout ce dont je te charge est extrêmement important et si tu ne le fais ou si tu le fais mal il peut arriver que tu me frappes au cœur.

Ma lettre de lundi dernier était, je crois, comme mon âme, passablement haletante et dévorée. Je suis arrivé ici désespéré ! Aujourd'hui je ne suis plus que triste et tremblant devant ma destinée. Il m'a été

donné de faire une bonne retraite et je vais la continuer. J'ai reçu hier matin, avec un profond sentiment
religieux, la sainte communion au milieu des moines. Il m'a semblé que les flammes de l'Esprit-Saint
entraient en moi avec le Corps de Jésus-Christ. J'ai
prié violemment, ardemment, j'ai retourné contre
Dieu les langues de feu de la Pentecôte et cela pour
vous, mes chers amis, pour toi mon Georges et très
particulièrement pour M. d'Aurevilly, le créancier
de mon espérance éternelle. Ne crois pas que la vie
religieuse soit si éloignée de mon âme ! J'ai des soubresauts de poulain sauvage, mais dans la partie élevée je suis plus calme. Je juge le monde, et saint Antoine, le plus grand de ceux qui l'ont foulé sous leurs
pieds, ne l'a pas plus méprisé que moi. Seulement le
plus parfait détachement métaphysique peut fort
bien se combiner avec l'esclavage du cœur et voilà
pourquoi il y a les saints Antoines du dandysme et les
anachorètes de la littérature impopulaire. Me sera-t-il
donné de devenir un anachorète de Dieu seul ? Peut-
être, justement, comme tu l'as fort bien dit, parce que
je suis un enthousiaste, un irrégulier et un homme littéraire. Je suis venu ici me mettre entre les mains de
Dieu. S'il veut que je sois tout à lui, je le veux bien,
mais je lui demande sans présomption de me faire savoir avec certitude qu'il le veut en effet. Dans l'état
actuel de toutes mes affaires tant spirituelles que matérielles, si Puyjalon me rappelle à Paris *dans des
conditions avantageuses,* je croirai très fort que c'est
Dieu qui m'appelle, sinon je reste. Recommencer l'en-

fer de Paris, ce n'est pas possible. Je ne tiens pas du tout à la littérature. J'écrirai dans le cœur de Dieu, ce sera très populaire dans le ciel et très éternel.

Georges, si tu es mon ami, écris-moi *immédiatement* après avoir vu Puyjalon (34, rue des Boulangers). Il est absolument nécessaire que je sache mon sort d'une manière certaine. Le Père Abbé revient de Rome et sera ici dans deux ou trois jours. Il faudra alors de toute nécessité, puisque mon séjour se prolonge, que je lui fasse connaître mes intentions. Tu vois dans quel embarras ton silence pourrait me plonger. Vois donc Puyjalon, sonde-le ,presse-le, fais-lui connaître ma situation, tu feras cela mieux que tout autre car ce mondain a pour toi la plus vive sympathie.

Dis à Michel que je le prie de m'écrire. S'il fait cela, je lui promets une réponse et je m'y engage sur mon honneur de chrétien.

Dis à M. d'Aurevilly que je vais lui écrire. Enfin j'embrasse tous mes amis absents et je me recommande très instamment et très spécialement aux prières de *ceux qui ne prient pas ou qui prient mal*. Ces prières-là sont d'inestimables diamants.

Je te serre dans mes bras.

Léon BLOY.

LETTRE XV

Vendredi, 12 *juillet* 1878,

de la Grande Trappe de Soligny.

Mon cher Georges,

J'AI encore besoin de toi. Il faut absolument que tu voies Puyjalon. Je lui ai écrit à lui et à Emile. Ni l'un ni l'autre ne me répondent. Comme il y va de *tout* pour moi, j'espère que tu t'efforceras de le voir immédiatement. Ma situation devient décidément terrible. Je ne puis rester plus longtemps ici à titre d'hôte. Il faut que je fixe le jour de mon départ. Si je ne peux obtenir cela de Puyjalon, comme il m'est impossible de retourner à Paris, je tâcherai d'obtenir un emploi de surveillant à la colonie pénitentiaire dont les trappistes ont la direction. Comme cela je ne crèverai pas de faim. En voyant Puyjalon le jour même où tu recevras cette lettre, c'est-à-dire demain samedi, tu peux m'écrire le lendemain dimanche et je recevrais ta réponse lundi. Peut-être parviendrai-je d'ici là à ne pas me désespérer. J'ai essayé d'écrire à M. d'Aurevilly. J'en suis resté à la quatrième page, dégoûté, navré, anéanti. Je deviens idiot à force de souffrir. Autant m'est arrivé pour Michel qui devrait par pitié m'écrire un mot. Si vous saviez combien je suis malheureux, vous auriez tous pitié de moi et vous m'écririez. Vous m'écririez autre chose que des récriminations ou des reproches. Il y a quelque chose dans ma vie que vous ne pouvez savoir. Eh bien ! dans l'ignorance, il ne faut pas juger. Vous pourriez vous exposer à *une injustice énorme*.

J'ai appris, hier, la maladie de Justine. Je lui ai écrit immédiatement.

Dis à M. d'Aurevilly que je ne cesse de prier pour lui. Victor a eu tort de lui reprocher de m'avoir donné les moyens de fuir. J'aurais certainement fui *à pied*, s'il l'avait fallu.

Serre la main à tout le monde pour moi, n'oublie pas l'excellent Turbaux.

Je t'embrasse.

Léon BLOY.

P.-S. Je dois de l'argent à l'épicier. Dis-lui qu'il attende mon retour, il est mon créancier et non le tien.

LETTRE XVI

Grande Trappe, *dimanche, 28 juillet* 1878.

Mon Georges,

UN grand châtiment de mon orgueil, c'est d'avoir besoin de la pitié de tout le monde. Mardi dernier j'ai écrit à M. d'Aurevilly une malheureuse lettre qui est restée sans réponse. Je le suppliais de m'envoyer 20 francs. Je manque de tout ici et pour obtenir plusieurs choses indispensables, j'ai dû faire de petites dettes ici comme partout. A cette heure j'ai besoin de 20 francs DANS LE PLUS BREF DÉLAI. Puisque nous en sommes aux moyens désespérés, vends ceux de mes livres auxquels je tiens le moins, mon *Hégel*, par exemple. Va trouver M. d'Aurevilly de ma part et montre-lui ce billet, va trouver Turbaux, à qui j'écrirais si je savais son adresse. Je compte sur cette nouvelle preuve de ton amitié. Mon pauvre Georges, ne dis pas trop de mal de moi, je suis malheureux. Si tu y pensais, tu verrais qu'il est dur pour moi de ne recevoir de tes nouvelles que lorsque tu me rends un service. J'avais dit à M. d'Aurevilly dans ma lettre que celui de mes amis qui consentirait à m'envoyer ses articles parus depuis le 2 juin, jour de ma disparition, me rendrait un fier service.

Que le bon Dieu vous bénisse, mes amis, et vous fasse avoir pitié de moi.

Le chagrin me fait étrangement souffrir. J'ai été couché une partie de la semaine.

Je vais mieux.

Ton ami.

Léon BLOY.

LETTRE XVII

Sanctuaire de la Salette, 25 septembre.

Cher ami,

DEUX mots en hâte. Le facteur me presse. Je suis à la Salette depuis 8 jours, *très heureux* et peu disposé à revenir promptement à Paris. Peut-être serai-je entraîné à Jérusalem. Je suis merveilleusement abandonné à la Sainte Vierge qui fait des prodiges pour moi.

Je prie pour vous tous. Je prie dans la joie et dans une grande exaltation de cœur.

Je n'ai qu'une chose à te dire, en courant, c'est que nous touchons à l'accomplissement des menaces et des promesses.

Dieu veuille que tu te prépares à ce que je *vois venir,* aussi clairement que les hommes de l'an 1656 du monde virent venir le déluge quand il n'était plus temps d'y échapper.

Tout ce qui m'arrivera à Paris, envoie-le-moi immédiatement.

Ton ami,

Léon BLOY.

J'ai le projet de t'écrire une lettre plus longue.

LETTRE XVIII

Sanctuaire de la Salette, 16 octobre.

Mon cher Georges,

Tu m'écris des billets de six lignes pour me demander une longue lettre. Soit. Je vais donc essayer de t'écrire cette longue lettre. Il est vrai que je sais à peine comment j'y parviendrai. Mes pensées ne t'intéressent que bien faiblement depuis que tu as aliéné ta liberté. Enfin, à la grâce de Dieu ! Je ne veux pas quitter la Salette sans t'avoir envoyé quelque chose de cordial, et la Vierge en larmes m'inspirera peut-être.

J'ai lu ton dernier billet avec plus de tristesse que de joie. Tu déplores l'extrême différence de préoccupations et de sentiments qui nous sépare. Mais *en conscience*, à qui la faute ? Deux influences *d'homme* ont pesé jusqu'à ce jour sur ta vie. La mienne d'abord qui a peu duré et ensuite celle de M. d'Aurevilly qui a totalement supprimé la mienne. Je serais un sot de m'en étonner. Mais je m'en afflige, à cause des résultats. Je t'ai vu très près du grand Amour, main

tenant tu as dévalé soixante mille marches et tu en es au petit. Il est impossible que tu ne sentes pas cette différence énorme et qu'elle ne te fasse pas souffrir...

...Ici, je vais chaque jour depuis un mois sur la tombe de cet homme admirable, mort en accomplissant *pour toi* son dernier pèlerinage, et pour qui tu n'as pas trouvé dans ton cœur l'aumône d'une communion ou peut-être même d'une simple prière. Depuis longtemps l'abbé de Moidrey, âme cachée dont la splendeur sera connue quand Dieu manifestera la gloire de ses saints obscurs, depuis déjà bien longtemps l'abbé de Moidrey a cessé de souffrir. J'en ai reçu l'assurance. Je ne prie donc pas pour lui, mais je le prie pour toi, pour M. d'A... et pour moi. Je le prie avec un grand amour et d'extraordinaires angoisses. Je souffre de tout ce qui se passe, comme il en souffrait lui-même, et je vois des mêmes yeux que lui le mal horrible de l'Eglise. La révolution peut chasser ou massacrer les catholiques, pasteurs en tête, on n'a jamais que ce qu'on mérite et on serait peut-être épouvanté si l'on connaissait le petit nombre de ceux qui recevront validement le martyre. D'après Mélanie, la Sainte Vierge aurait accusé le sacerdoce d'être un cloaque d'impureté. Pour cette affirmation, Mélanie est ecclésiastiquement pourchassée. Il y a longtemps que je pense ainsi. Tout prêtre, sans foi, sans espérance et sans charité est évidemment le dernier des misérables et il est trop certain qu'à prendre les choses de haut on peut dire cela de presque tous les prêtres.

Ici même, sur cette Montagne de l'Apparition, autour de laquelle la grâce a l'air d'onduler en spirales de feu, j'ai rencontré la haine la plus subtile et le mépris le moins déguisé pour l'abbé de Moidrey. J'avais eu la stupidité de compter sur mon titre d'ami de cet apôtre de la Salette pour être bienvenu dans le monastère et c'est précisément le contraire qui est arrivé. J'ai eu presque des querelles violentes à cause de lui. J'en suis arrivé à croire que la dépouille de ce mort les importune, ces étranges missionnaires, et que sa tombe leur est odieuse comme un souvenir perpétuel des justes reproches qu'il leur faisait autrefois. Si cette parole « faites-le passer à tout mon peuple » qui termine le Discours de la Sainte-Vierge, n'est pas l'uni-

que raison d'exister des Missionnaires de la Salette,
on se demande pourquoi ils existent et l'abbé se le
demandait sans cesse. De là, les rages. Un effort quelconque pour expliquer ou pour comprendre ce Discours, qu'ils ont pourtant le devoir de répandre et
d'interpréter, est regardé par eux comme une en-
treprise ridicule ou scandaleuse.

Si les pasteurs sont tels, que faut-il dire du trou-
peau ? Tu me dis que tu ne peux croire que l'Evéne-
ment doive se produire *à une époqua déterminée*.
D'abord, je te fais remarquer que le seul mot d'Evé-
nement que je prononce Avènement, suppose néces-
sairement une *époque déterminée*. Mais il ne s'agit
pas de cela et tu le sais bien. Il s'agit simplement de
n'être pas des déserteurs et des lâches, surtout en présence de l'ennemi et c'est justement le fait de presque tous les catholiques.

Il y a une loi d'équilibre divin, appelée la communion des Saints, en vertu de laquelle le mérite ou le
démérite d'une âme, d'une seule âme est réversible
sur le monde entier. Cette loi fait de nous absolument des dieux et donne à la vie humaine des proportions du grandiose le plus ineffable. Le plus vil
goujat porte dans le creux de sa main des millions
de cœurs et tient sous son pied des millions de têtes
de serpents. Cela il le saura au dernier jour. Un
homme qui ne prie pas fait un mal inexprimable en
toute langue humaine ou angélique. Le silence des
lèvres est bien autrement épouvantable que le silence
des astres.

Pour moi, j'ignore encore ce que Dieu veut faire
de ma vie. Mais je sais très bien que le monde est infiniment près du plus étrange renversement. Je ne
dis pas destruction, je dis *renversement...* bout pour

bout. S'indigner du néant esthétique auquel la pieuse
imbécilité condamne le catholicisme, entreprendre
d'éventrer cette gangue monstrueuse de formules
inanimées, pour en faire jaillir la gemme sidérale
d'un christianisme enseveli depuis 15 siècles, en un

mot rêver être l'inventeur de la Pompéi chrétienne,
voilà, je pense, la plus magnifique ambition littéraire
qui se puisse humainement concevoir et dont la réali-
sation ne demanderait, après tout, que de l'héroïsme
et du génie. Mais il n'est plus temps, les sages et les
prophètes du passé le sauront bientôt. J'ai eu ici de
joyeux et de tristes jours, mais au total je dois reconnaître que la Sainte Vierge m'a beaucoup donné, un
assez grand nombre de points obscurs sont devenus
lumineux. Aujourd'hui je crois savoir ce que c'est
que la Salette.

Ici je suis forcé d'arrêter ma lettre soi-disant longue que j'aurais voulu faire plus longue encore. Je
pars, non pour Paris, mais pour Paray-le-Monial où
je serai lundi 18, fête de l'Évangéliste de la Sainte
Vierge. J'y passerai vraisemblablement trois jours. Immédiatement après, si rien ne me détourne, je rega-
gnerai Paris.

J'ai écrit à Victor pour qu'il te recommandât mon
linge. Si tu l'as donné à la blanchisseuse, hâte-toi de
le retirer, car je n'en aurais pas en arrivant.

Annonce mon retour à M. d'Aurevilly.

Je t'embrasse.

Léon BLOY.

LETTRE XIX

Juillet 90 (sur l'enveloppe).

Jeudi 17.

Cher ami,

POURQUOI diable n'es-tu pas venu dimanche ? — Nous avions ce bon Guérin et tu nous manquais infiniment.

Jeanne a fait l'acquisition des *préludes* et des *nocturnes* de Chopin. C'est admirable. Viens donc dimanche. Si tu n'écris pas, on comptera sur toi.

Voici maintenant pourquoi je t'écris. L'autre jour, comme je cherchais partout chez toi le Luther, j'ai aperçu dans ton buffet la vieille Bible que tu fis scélératement relier pour en devenir le propriétaire et cela m'a déchiré l'âme.

Je me suis remis à ces études anciennes qui ont fait de moi tout ce que je suis intellectuellement.

Or cette traduction d'une naïveté si profonde et si lumineuse me serait infiniment utile, parce qu'elle équivaut pour moi à une exégèse angélique.

Ce cher livre, que j'ai payé si cher, l'ayant acheté au vieux Wihl, d'un incunable amèrement regretté, pourquoi ne me le rendrais-tu pas ? Si je te l'ai vraiment donné, ce que je ne sais plus, pourquoi ne me le donnerais-tu pas, à ton tour ?

Je t'invite à cette générosité.

Je trouve idiot qu'un livre qui serait pour moi de la moëlle de lion, dorme dans la poussière d'un buffet chez un maniaque de livres qui ne l'ouvrira jamais.

Ma femme t'envoie le bonjour.

Léon BLOY

LETTRE XX

Bagsværd par Lyngby, Danemark.

26 février 91.

IL ne serait pas juste, mon vieil ami, que Guérin reçût de moi lettre sur lettre et que je ne trouvasse pas un seul instant pour t'écrire. J'ai même écrit à Huysmans dont les deux premiers feuilletons m'ont transporté et je me suis efforcé de lui être agréable en lui exprimant le plus simplement que j'ai pu mon admiration. Je veux croire qu'il aura le bon sens de ne soupçonner en cette démarche aucune arrière-pensée.

C'est ton tour maintenant. Tu m'accuses peut-être déjà. Mais il faut comprendre ce retard et l'expliquer par l'immense trouble de ma vie. Tu as dû sentir qu'il s'accomplissait pour moi quelque chose d'étrangement décisif. Songe que je suis à une distance énorme de Paris et de la France, que je vis avec ma femme et chez la mère de ma femme comme en un rêve au fond d'une campagne très solitaire, peuplée surtout de corbeaux innombrables qui tiennent leur conciles dans le voisinage de la maison, jusqu'à me réveiller la nuit.

Rollinat ne manquerait pas d'imaginer ici du fantastique. Il y a simplement beaucoup de froid et beaucoup de mélancolie. Je me sens si loin de tout, même de Copenhague, qui est un centre après tout et une grande ville, où je me suis senti presque désespéré. Je ne puis apprendre un mot de la langue et je ne saurais faire un pas sans le truchement de quelqu'un. La nourriture même me déconcerte parfois. Il est vrai que beaucoup de gens entendent un peu le français, et qu'une sympathie évidente est l'accueil de tout Français en ce pays.

Mais je suis un solitaire jusqu'au jour où je grimperai sur le tréteau du conférencier. Car tu l'as deviné, sans doute, je n'ai pas d'autre parti à prendre. Aussitôt qu'une certaine lettre impatiemment attendue m'aura fixé sur quelques points essentiels, je commencerai.

On m'affirme qu'un certain succès de curiosité n'est pas impossible et j'ai pu observer par moi-même l'avidité plus ou moins intelligente du public danois pour les choses françaises. J'étais avant-hier à Copenhague avec ma femme. Nous avons été entendre dans léglise catholique un dominicain, le Père Lange, écolier du Père Didon, qui fait courir les gens. On va voir sa robe blanche qui est dans ce pays une sorte de prodige et on se donne l'air de savoir le français, ce qui passe pour infiniment distingué. Si ces protestants comprenaient exactement ce que leur débite ce père, il est vraisemblable que sa vogue diminuerait. Les braves gens peuvent croire qu'ils sont en présence d'un prêtre catholique venu pour confesser audacieusement sa foi. Or il n'en est·rien. Ce dominicain les trompe et les vole ignoblement. Il leur parle de Renan, de la Science, des documents évangéliques, de l'existence de Dieu, etc. Tu vois çela. Pas un mot de l'Eglise, ni des saints, ni de Marie. Rien, excepté la robe, qui puisse faire soupçonner qu'on est en présence d'un vrai prêtre. C'est la politique de la lâcheté. Le misérable avait honte de Jésus-Christ. Nous étions suffoqués de dégoût et d'indignation à nous voir ainsi représentés et nous partîmes avant la fin, au risque de déranger tout le monde. J'avais immédiatement résolu d'envoyer, dès le lendemain, comme catholique, une protestation aux principaux journaux de Copenhague; j'y ai renoncé en songeant qu'il serait terrible pour ma conscience, d'éloigner ainsi quelques âmes que l'imbécile parole de ce religieux rassemble tout de même au pied de l'autel.

Mais j'ai vu dans cette occasion le prestige assuré du bavardage français. J'en profiterai donc, s'il plaît à Dieu. Je sais assez bien la littérature contemporaine et j'ai avec moi toute la copie de *Belluaires*. Je leur servirai ça le plus proprement que je pourrai. Peut-être obtiendrai-je assez de succès pour gagner une honnête somme.

Jusque-là je végète à la campagne, avec le regret d'y vivre en cette saison. En été ce doit être merveilleux. A deux pas de mon gîte commencent les bois et quels bois ! mon ami. Des sapins et de petits lacs, perpétuellement. Une Finlande en miniature. Ma seule ressource actuelle, c'est d'errer là, les après-midi, malgré le froid et la glace. Dieu sait s'il me sera donné de revoir ces bois charmants dans des conditions meilleures.

Enfin je suis un peu triste mais non pas trop accablé ! J'attends comme toujours que Dieu me donne une place quelconque en ce monde où il ne m'a pas jeté, sans doute, uniquement pour me faire souffrir sans objet.

Je te remercie de m'avoir envoyé les *deux premiers* feuilletons de *Là-Bas*. Je suis impatient de lire la suite.

N'oublie pas, si tu as quelque chose à m'écrire ou à m'envoyer, que le courrier de Paris m'arrive toujours après cinquante heures environ. Je viens de lire le *Gil Blas* de lundi. Ainsi du reste. Il faut donc compter une semaine entière pour l'aller et le retour d'un courrier. Rends-moi le service de voir Victor et de lui faire lire cette lettre qui est presque autant pour lui que pour toi. Je ne pourrais sans imprudence multiplier beaucoup mes lettres, vu l'état actuel de mes finances. Je n'oublie cependant aucun de mes vieux amis, et l'absence totale de tout *apéritif* dans les pays du Nord me fait penser quelquefois avec attendrissement à la divine absinthe du café de Versailles.

Ma femme a écrit hier à Mlle X. Offre-lui le bonjour de ma part et prie-la de me rappeler à sa mère.

Je voudrais en même temps que tu ne parlasses pas de mes affaires, si tu peux t'en empêcher. Je crois inutile, sinon dangereux, qu'on sâche que je veux faire des conférences. Rappelle-toi que c'est le moyen *unique* jusqu'à présent, qui me soit donné de sortir du gouffre et qu'un obstacle sérieux venu de Paris me casserait à moitié les reins.

Je vais envoyer à Deschamps une étude sur le livre d'Hérisson. Je pense que tu reçois régulièrement la *Plume*.

Donne le bonjour à Girard et embrasse Guérin pour moi... Son amitié est admirable...

Je cherche vainement de quelles commissions je pourrais t'accabler. Cela viendra, sans doute, si mon séjour ici se prolonge. En attendant je te serre dans mes bras.

Ton Léon BLOY.

P.-S. — Une dernière prière. Ecris-moi, ne fût-ce que peu de lignes. Je n'espère pas que tu le fasses. Je veux me défendre de l'espérer. Mais je crois que ce serait œuvre de miséricorde. Tu as été loin de la France et captif. Tu sais ce que vaut alors une lettre même banale.

Dis à Guérin de faire passer un exemplaire de la *Chevalière* à Félix Jeantet, 3, rue Duguay-Trouin, en lui faisant part de mon voyage.

Je ne veux pas fermer cette lettre sans revenir sur cette impression de tristesse légère dont j'ai parlé et qui est, en somme, plus extérieure que profonde.

La famille de ma femme est infiniment douce et tendre pour moi. On est à mille lieues de supposer que je puisse être un homme de peu d'importance ou un bohème, ainsi que certaines personnes ont la bonté de le croire à Paris.

Je suis ici profondément respecté et parfaitement aimé. On me sait pauvre et jusqu'à ce jour sans succès, mais comme on sait les véritables raisons de tout cela et qu'on les comprend admirablement on m'en estime davantage et on se persuade que l'avenir me donnera ma vraie place.

Donc nulle tristesse de ce côté-là, bien au contraire. Si Paris était moins loin, ma joie serait parfaite.

Ma femme me charge de t'envoyer son plus affectueux bonjour.

LETTRE XXI

Bagsvœrd par Lyngby (Danemark).

24 *mars* 91.

Mon cher Georges,

TA lettre m'a profondément touché et je te prie de me pardonner la mienne qui était, en effet, beaucoup trop dure.

Mais puisque tu me connais depuis tant d'années, tant de dures et lamentables années, pourquoi n'expliquerais-tu pas cette violence par la tendresse même que j'ai pour toi ? Ce serait miséricordieux et juste. Car tu dois bien penser que ton silence me faisait souffrir.

Les trois premières semaines de mon séjour ici ont été affreuses. Non par le fait même de ma nouvelle famille. Il est impossible d'être aimé d'une façon plus visible et plus touchante. Mais ma situation — devenue meilleure aujourd'hui — me semblait terrible. Un homme d'imagination moins vive en eût été épouvanté.

Je veux croire que tu n'as pas l'enfantillage d'être jaloux de ce pauvre Guérin. Ce que j'ai pu t'écrire à son sujet n'était qu'une taquinerie... Mais tu le sais, il y a entre nous des choses d'âme trop anciennes et trop profondes pour qu'aucune affection récente les puisse effacer.

Précisément, parce que tu es pour moi un ami très sûr, tu dois aimer Guérin dont le dévouement incroyable a été mon unique ressource pour échapper au désespoir dans ces derniers temps. Que serais-je devenu sans lui? Je ne pouvais m'adresser ni à toi, ni à Victor, si occupés tous deux, pour les mille démarches qu'il fallait. Je n'ai point d'illusions bêtes. C'est un esprit de reflet et une intelligence de faible portée, mais une âme exquise et je crois qu'au début nous avons été pour lui très injustes. J'ai découvert en lui une délicatesse de cœur incroyable qui me fait penser à la sainteté des *simples*. Ce don merveilleux s'exercerait pour toi, aussi bien que pour moi, si l'occasion s'en présentait. Par conséquent, nous devons l'aimer beaucoup l'un et l'autre, avec quelque chose comme une nuance de respect, puisque nous savons ce que c'est, devant Dieu, que d'être vraiment une âme simple.

J'ai tremblé de joie en apprenant ta nouvelle situation. Ma femme qui te chérit en avait les larmes

aux yeux. Quelles que soient les conditions que te
fera S... il me semble que c'est le Paradis qui s'entr'ouvre pour toi. Ta vie sera très douce chez lui. Tu
feras en somme ce que tu aimes et peut-être avec la
chance d'un avenir. Je lui écris aujourd'hui même
pour le féliciter de t'avoir choisi. Je m'étonne de ton
angoisse en présence de cet événement que tu nommes
toi-même avec raison « providentiel ».

Tu crains que je ne perde ici de mon ressort et que
je ne me mélancolise dans la rêverie. Ah ! mon pauvre ami, tu n'y es guère. Ma vie actuelle, depuis quelques jours surtout, est d'une activité incroyable. J'aurais voulu t'écrire au reçu de ta lettre. Impossible,
j'étais précisément à la veille de mon début comme
conférencier et je m'y préparais avec fureur. J'ai fait
ma première conférence, vendredi dernier, devant un
auditoire de trois cents personnes venues pour m'entendre et qui appartiennent à ce qu'on nomme ici la
société la plus distinguée.

Cette séance avait été annoncée par tous les journaux de Copenhague, car j'oubliais de te le dire, cela
se passait à Copenhague. Je parlais pour la première
fois en public. L'épreuve était rude. Cependant je
m'en suis tiré de la façon la plus honorable ; malgré
l'hostilité peu silencieuse d'un groupe nombreux
d'opposants.

Car je suis tombé en pleine guerre de *naturalistes*
et *d'antinaturalistes,* c'est-à-dire de conservateurs, la
politique en ce pays se confondant avec la littérature.

Je ne sais pas un mot de danois, mais j'imagine ce

que peut être en cette langue l'imitation de Zola qui s'y pratique, paraît-il, avec rage. Il en résulte, m'assure-t-on, d'inexprimables cochonneries. J'ai donc pris aussitôt parti, avec l'autorité très grande ici, d'un « littérateur français » pour les antinaturalistes et ma conférence de vendredi — parlote qui a duré près d'une heure — n'était encore qu'une présentation de ma personne et un exposé de mes doctrines. Cela a suffi pour déterminer un intérêt assez vif. *J'ai déjà des ennemis.*

Mais aussi j'ai des amis. Le plus grand éditeur de Copenhague veut publier cette semaine ma première harangue dont je viens de lui envoyer le manuscrit, car tu devines bien que j'apprends *à peu près* par cœur. Il publiera également celles qui suivront. Je fais annoncer partout une série d'entretiens sur la littérature française contemporaine, deux fois par semaine, à partir du mardi de Pâques. Ce jour-là, je commencerai par Zola, dans le sens que j'ai dit plus haut. On s'attend à une tempête. Tant mieux j'aurai du monde et je gagnerai enfin quelques sommes dont j'ai un besoin terrible.

J'ai donc des amis. D'abord cet éditeur très passionné contre les naturalistes et qui veut s'entendre avec S... pour mettre mes livres en vente. Puis, un brave homme, directeur important d'une société philologique qui me prête pour rien une salle assez vaste que, partout ailleurs, j'aurais dû louer assez cher. Enfin, un journal des plus importants s'est mis à mes ordres. Tu vois que cela marche.

J'enverrai à tout le monde mes conférences à mesure qu'elles seront imprimées. Je prie Deschamps
d'en publier des extraits. Ce sera drôle. On saura à
Paris que je suis ici pour déshonorer littérairement
Zola, Daudet, Maupassant, Goncourt, etc., et pour
exalter quelques autres, tels que Huysmans, qu'on
ignore à Copenhague, mais que je veux faire connaître.

Devines-tu l'agacement, l'inquiétude et même la
rage d'un Daudet apprenant que je continue contre
lui dans les pays scandinaves, *où je serai écouté*, mon
ancienne besogne de démolisseur?

Ceci est, par conséquent la dernière lettre longue
que tu recevras de moi, car je vais être tué de travail.
J'attends un envoi de quelques livres que j'ai deman-
dés à Guérin. De ton côté, examine bien ce qui peut
m'être utile comme documents et expédie-moi ce qui
te paraîtra devoir me servir, livres ou journaux. *Je
t'en supplie.*

As-tu vu le dernier livre de Darien ? Il y a sur
moi quatre pages magnifiques ? Le dernier numéro
de la *Plume* a dû t'offrir mon « Prince Noir » l'étude
que tu m'avais conseillée sur le livre d'Hérisson. Je
voudrais bien savoir si cela te plaît...

Sur ce, je t'embrasse pour moi et pour ma femme.

Ton vieil ami,

Léon BLOY.

8

LETTRE XXII

Bagsvard par Lyngby (Danemark).

20 avril 91.

Mon cher ami,

J'ai reçu, il y a quelques jours, une lettre de Mlle X... qui m'apprend, avec une consternation qui n'égalera jamais la mienne, que tu ne parviens pas à t'acclimater dans ta nouvelle situation.

Enfin, tu es au milieu des livres que tu adores, à l'abri de toutes les avanies d'autrefois. Tu as une besogne que ferait un enfant, car c'est une ânerie que la gérance d'une boutique de librairie. Cela consiste à surveiller des imprimeurs ou des marchands de papier et à voir défiler des auteurs plus ou moins imbéciles, mais polis par intérêt et qu'il est, en somme, assez curieux d'étudier. Avec tout cela tu n'es pas content. Tu te désespères. Le courage te manque pour affronter les 3 ou 4 semaines de mise en train. On est obligé de te remonter chaque jour comme une horloge détraquée. Il faut que Mlle X... aille te voir de temps en temps pour cela. Avoue que c'est un peu honteux. Avoue-le, je t'en supplie. Fais cela pour moi. Et tu te plains encore de ne pas être adoré des femmes. Ah ! mon pauvre ami !...

Ces gémissements me font un drôle d'effet, je t'assure, quand je pense à ma propre situation. Que dirais-tu donc et que deviendrais-tu si tu étais à ma place ? Il y a diablement longtemps que tu te serais couché pour mourir. Et aujourd'hui ? Songes-tu que je suis horriblement loin de ma patrie, sans aucun moyen d'y rentrer ? Que je viens de faire une série de six conférences, de sept même, en comptant la séance préliminaire qui *seule* sera publiée, faute d'argent ? Que c'était la première fois de ma vie et que pendant

trois semaines j'ai travaillé nuit et jour? qu'il m'a fallu
non seulement écrire la matière de deux cents pages,
mais encore apprendre à moitié par cœur, trouver des
effets de comédien et qu'enfin, j'ai réussi à me faire
passer pour un orateur du plus grand talent ?

Je t'assure qu'il m'a fallu une sacrée énergie, car tout
cela me dégoûtait ferme. Mais tu sais combien il est
nécessaire que je réussisse, tu sais quel fardeau je porte.
Je réussirai donc, ou je mourrai à la peine. Mais je
veux réussir et j'en ai le ferme espoir.

Remarque bien que tout cet effort est à recommencer. Les recettes ont été dérisoires, malgré le succès
presque immense, ayant été forcé de remplir ma salle
avec des billets de faveur pour me faire connaître.

Par bonheur j'ai devant moi une semaine pendant
laquelle je vais pouvoir me tuer de travail et de démarches, en vue d'une seconde série plus fructueuse. J'attends une lettre d'audience chez l'une des princesses
royales, une d'Orléans et une Française catholique,
bonne femme, dit-on. Je vais lui demander simplement d'assurer mon succès en attirant la cour à mes
conférences pour lesquelles je viens d'obtenir une
vaste salle à l'Université. Ce serait alors le succès
complet et je te prie de croire que j'irais trouver le
Diable si c'était nécessaire.

Je sais bien, hélas ! qu'il est à peu près impossible
d'obtenir de toi une lettre, à moins de t'accabler d'injures atroces et j'y suis aujourd'hui peu disposé. Ton
énergie ne va pas au delà d'une carte postale, coutume ignoble qui m'exaspère.

Je veux encore espérer cependant que, pour une fois, tu auras l'héroïsme de me répondre sérieusement. Tu te souviendras peut-être que je suis un ami de vingt-cinq ans. J'ai besoin que tu me répondes.

D'abord et avant tout il s'agit de Huysmans, lequel paraît avoir sur toi une influence beaucoup plus considérable que la mienne. Il m'a empêché d'assister aux derniers moments de mon pauvre Villiers, qui n'était devenu son ami *que par moi*, je te prie de le croire. Aura-t-il le pouvoir de détourner ton âme de la mienne ? C'est une question. (...)

Autre chose. Je t'envoie le *Prince Noir* corrigé pour l'imprimeur de S... Tu sais que j'avais donné à S... un manuscrit de la *Chevalière* et qu'il consentait à l'imprimer. Cet opuscule suivi du *Fumier des Lys*, que je lui ai déjà remis, et du *Prince Noir* que voici, pourrait, je crois, faire une assez jolie plaquette de 200 pages dans le genre du *Brelan*, ou mieux, du *Christophe Colomb*.

Puisque tu te réjouissais de pouvoir servir tes amis dans ta nouvelle situation, c'est le moment d'agir. J'ai besoin de savoir, oui ou non, si S... publie la *Chevalière*, dont je suis sans nouvelles depuis mon départ. Je ne puis croire que les *vingt* exemplaires belges (tirages de revue) marqués au prix de *dix* francs, puissent être un obstacle à une édition sérieuse. Je te prie donc de presser cet homme indolent et de me renseigner au plus tôt.

Mais, hélas ! auras-tu le courage de m'écrire ? C'est désespérant.

Autre chose encore. Pour cela, il est inutile d'écrire.
Il me faut *immédiatement* les *Névroses* pour une conférence. Tu as dit à Guérin que tu m'enverrais volontiers les livres que je te demanderais. Je te demande
celui-là de la manière la plus pressante. L'exemplaire
relié que tu possèdes me serait précieux à cause de l'article d'Aurevilly qui est collé en tête. De plus on n'aurait pas besoin d'acheter un exemplaire. Si tu peux te
décider à un tel sacrifice, envoie ce beau volume *recommandé*. Tu le verras revenir de la même façon
avant un mois.

Sinon, achète la brochure et expédie-la. Mais je
t'en prie, sans perdre un instant. Ton inexactitude me
causerait un très grand dommage.

J'ai fini. Maintenant je me jette au travail de mes
conférences prochaines.

Ma femme t'envoie le bonjour le plus affectueux et
moi je te serre la main.

Ton ami qui compte sur toi.

Léon BLOY.

LETTRE XXIII

Bagsvœrd par Lyngby (Danemark).

15 mai 91.

Mon cher ami,

J'AURAIS dû t'écrire déjà, puisque voilà trois jours que j'ai reçu tes journaux. Mais j'étais en plein article sur *Là-Bas* et il me tardait de l'expédier à Des champs qui le recevra demain soir.

Puis je voulais prendre le temps de réfléchir avant de te parler de la lettre que tu as envoyée à la *France*.

Cette lettre me touche et m'exaspère tout à la fois. Elle me touche comme un témoignage évident de ton amitié dont je n'ai pas douté un seul jour, malgré des accès d'impatience explicables par ma situation plus qu'affreuse.

Elle m'exaspère comme une maladresse insigne.

Tu parles d'abord de mon attitude « agressive » alors que mon attitude était strictement *défensive,* ce qui est juste le contraire.

Ensuite tu écris ceci :

« En lui défendant *brutalement* l'entrée dans la chambre mortuaire du grand romancier, M. Bloy n'a fait que traduire DANS SON STYLE, le mépris, etc. »

Il est possible que Péladan t'ait déjà répondu. Je crois connaître assez la vanité de cet imbécile.

En ce cas, voici sa réponse très probable :

— Je suis heureux du témoignage bien inespéré de M. Landry qui ne peut s'empêcher, même en défendant son ami Léon Bloy, de reconnaître que ce pamphlétaire immonde est une *brute* et qu'il n'a d'autre STYLE que les coups de poings ou les coups de trique.

Encore une fois, mon pauvre ami, je te rends grâces de ton mouvement généreux. Evidemment tu as dû, par amitié pour moi, faire violence à ta nature, car tu es doux parmi les doux, trop doux même.

Mais je voudrais, vois-tu, que ceux qui m'aiment m'accordassent une attitude plus noble. Relis ta phrase qu'on croirait inspirée par un ennemi envieux et perfide et demande-toi si le journaliste le plus venimeux ne m'aurait pas *défendu* précisément de cette façon.

Tu aurais mieux fait de m'envoyer simplement la lettre de cet idiot et de me laisser me défendre moi-même. Tu dois savoir que j'en suis capable.

Heureusement Deschamps y avait pensé et lorsque j'ai reçu ton envoi ma réponse, à moi, était déjà chez l'imprimeur pour être publiée dans le n° de la *Plume* devant paraître le 15, c'est-à-dire aujourd'hui même.

L'article sur *Là-Bas* est parti hier soir. Je prie Deschamps de le faire passer le 1ᵉʳ juin. C'est le plus long et peut-être le plus important travail que j'aie publié jusqu'à présent dans la *Plume*.

Il te déplaira, parce que tu aimes Huysmans, j'en ai peur, beaucoup plus que la Vérité et la Justice. Les choses, assez dures pourtant, que tu m'as écrites sur son livre, quand tu les retrouveras dans le fracas de ma prose, te feront horreur, j'en suis persuadé. Tu es si peu libre que la modération la plus inouïe dans le blâme ne t'empêcherait pas de supposer en moi l'esprit de vengeance.

Je sais donc ce qui m'attend et je me résigne.

Ma femme a eu de très bonnes couches et tout le monde se porte bien.

J'ai pris des informations en Suède et en Russie. Elles sont de telle nature que je dois renoncer à mes projets de conférences.

Je resterai donc ici, sans le sou, exposé à la plus horrible nostalgie, dévoré d'inquiétudes et je ferai mon roman (*La Femme Pauvre*) comme je pourrai.

Ce n'est pas très drôle.

Il ne me déplaît pas, cependant, de me sentir désormais incapable de me délivrer moi-même et par conséquent tout à fait dans la main de Dieu.

Jeanne t'envoie le bonjour et moi je te serre dans mes bras.

Léon BLOY.

P.-S. — J'attends toujours les épreuves de la *Chevalière.*

Oui, tu trouveras mon article bien atroce, *mais* il l'aurait été bien davantage si ma femme ne m'avait pas retenu.

Si celui que tu sais avait été le profond habile qu'il veut être, il lui eût été facile de me désarmer à l'avance: 1° en répondant amicalement à ma lettre; 2° en ne *m'oubliant* pas lors de son interview.

J'aurais été forcé de me taire et franchement c'eût été dommage.

LETTRE XXIV

Sorô, 3 juin 91.

Mon cher ami,

GUÉRIN m'apprend que tu as une grande peine et que tu es malheureux. Il ne sait que cela, d'ailleurs. Mais il me l'écrit avec émotion.

Je ne te demande pas de confidences. Je sais que tu n'en fais pas volontiers et que tu n'aimes pas écrire.

Mais si réellement tu souffres, j'ai pensé que la très vive sympathie de ton vieil ami te serait douce et peut-être bienfaisante. Tu sais depuis longtemps que mes sentiments pour toi n'ont rien de vulgaire.

Puis je suis assez malheureux moi-même pour que ma compassion n'ait rien d'humiliant.

Si la souffrance des autres pouvait avoir quelque chose de consolant, ce serait, tu en conviendras, un fameux secours de songer à la vie effrayante qui a été mon partage.

Nous nous sommes connus dans la douleur et notre amitié a été enfantée dans la douleur. C'est pour cela que je t'ai dédié l'un de mes livres — en souvenir de Notre-Seigneur Jésus-Christ.

Puisque je ne sais rien de ta peine, puis-je faire autre chose aujourd'hui que d'en appeler à ce « Souvenir ».

La vie pour nous est affreuse, mais il faut bien que notre christianisme nous serve à quelque chose.

Si nous ne savons pas prier, ayons du moins la volonté que nos souffrances intercèdent pour nous.

Que puis-je te dire, mon pauvre Georges! J'ai moi-même le cœur si souffrant que je crains de répandre moins de baume que d'amertume.

Est-ce la mort ou le danger mortel de quelqu'un des tiens qui t'afflige ? La bêtise inouïe de S... t'expose-t-elle à perdre ton gagne-pain? On m'écrit que cet homme à qui l'expérience ne profite pas, vient de publier un livre qui le tue. Si tu m'aimais *en la manière* que je t'aime, tu m'écrirais certainement pour me tirer d'incertitude.

Je t'assure, mon ami, que je n'ai pas besoin d'angoisses supplémentaires. Ma part est copieuse. Si cet ignoble Péladan exécute sa menace, il pourra me

nuire beaucoup, car je prévois bien que la plupart
de ceux qui auraient le devoir et le pouvoir de parler
utilement pour moi m'abandonneront. Coppée, qui
sait *toute* la vérité et qui fut l'ami de d'Aurevilly,
comme il est l'ami de Mlle X..., aurait dû répondre
sur-le-champ à la *France* pour démentir ce pourceau
qui a l'audace de le mettre en cause.

Je me défendrai pourtant. Guérin, chargé pour moi
de quelques démarches, te dira ce que j'ai fait.

Je t'écris d'une petite ville où j'ai été appelé pour
quelques conférences qui me sont payées, mais mon
adresse est toujours à Bagsvœrd.

Ma souffrance la plus dure, je te prie de le croire,
c'est d'être en exil par le seul fait de ma misère.

Penses-tu quelquefois à ce qu'il peut y avoir
d'amertume dans une telle situation?

Salue de ma part tous nos amis et que Dieu nous
aide les uns et les autres.

Je t'embrasse.

Léon BLOY.

LETTRE XXV

Bagsværd, par Lyngby.

13 juin 91.

Mon cher Georges,

Reçu ta lettre du 7...
Je t'écris à la hâte pour te dire que la *Chevalière* doit être imprimée très rapidement si S... veut la vendre avec facilité. Il est à peu près certain que je vais exciter une certaine curiosité d'ici à un mois.

J'ai reçu hier une réponse pleine d'enthousiasme du Prince Ourousof qui est enchanté de venir plaider pour moi à Paris. La *Plume* annonce que l'affaire viendra le 23 juin. Il est probable que mon défenseur moscovite va demander un ajournement, ce qui donnerait à S... le temps d'achever la *Chevalière*, à condition toutefois de ne pas perdre un seul jour. Il est bien entendu que je ne peux compter que sur toi, S... n'ayant d'activité que pour des sottises qui finiront par le tuer.

Mais il est bien clair que mon procès peut déterminer une vente plus ou moins considérable.

Ma cause est excellente de toutes façons et la maladresse de Péladan est inouïe. Les insultes à Mlle X... l'ont coulé d'avance et j'ai su *contraindre* F. Coppée à témoigner en notre faveur, ce dont Mlle X... *devrait me remercier.*

Si Péladan n'a pas la prudence de se désister, je risquerai avec enthousiasme l'imprudence du plus grand éclat possible, et le Prince Ourousof, homme habile et ambitieux d'un succès parisien, n'épargnera rien pour ce résultat. Qu'on gagne ou qu'on perde il s'agit d'assommer ce Mage et de faire un bruit *honorable* autour de mon nom.

Lorsque j'ai écrit à Deschamps cette première lettre qui a tout décidé, laquelle lettre, d'ailleurs, n'était qu'une réponse à l'attaque de Péladan — point essentiel — je ne pensais guère à un procès. L'idiot se décide à me faire cette grosse réclame. Tant mieux. Ce sera l'occasion d'une bonne justice et peut-être la fin de mes misères.

Je suis parfaitement heureux de ce procès que je regarde comme un sourire de la Providence. Ma seule crainte, c'est que Péladan se désiste, éventualité redoutable que je considèrerais comme une catastrophe.

Si tu n'avais pas l'âme et la volonté en charpie, mon pauvre Georges, ton amitié pour moi te ferait comprendre qu'il est désormais absolument nécessaire que je sois *indépendant* et que tout le monde me sache indépendant. L'article sur *Là-Bas* devrait t'avertir du changement qui s'est opéré en moi.

Je suppose que c'est grâce à toi que ma lettre a été publiée dans la *France* mardi dernier. Lorsque les n°° envoyés par Guérin me sont arrivés, je venais justement d'écrire une nouvelle lettre à Deschamps, laquelle sera publiée dans son numéro du 15, car ce n'est pas tout à fait fini de ce côté-là...

Je te prie de n'être plus agité ni dévoré d'inquiétudes à ce sujet. Mon cœur habite une paix profonde et ma digestion s'opère bien. Si j'avais un peu plus d'argent, tout serait à merveille.

Ma femme me charge de t'exprimer sa reconnaissance pour ton cadeau à notre petite Véronique, laquelle sera officiellement connue sous ce nom, l'un des plus sublimes, à partir de lundi prochain 15, jour de son baptême. Guérin vient de recevoir une lettre qui l'en informe. Elle me charge de t'informer, par la même occasion, *qu'elle est avec moi* en tout et pour tout, jusqu'à l'échafaud, inclusivement.

Enfin, mon cher Georges, donne-moi cette preuve d'amitié de mettre au service de la *Chevalière* tout ce qui peut te rester d'énergie. Je veux croire que ton patron comprendra l'importance commerciale d'arriver en temps utile.

Je te prie de m'envoyer sous bande les articles de

journaux qui pourraient m'intéresser. Tu sais que les
injures et les calomnies surtout me sont précieuses.

Je t'embrasse.

Léon BLOY.

P.-S. — Il me semble que pour économiser du
temps on pourrait m'envoyer la mise en pages de
tout le petit volume. Je la renverrais le lendemain
corrigée avec soin et je ne demanderais pas une
seconde épreuve, si je pouvais compter sur la fidélité
du typo.

Commissions. — Envoie-moi un *Désespéré* tout de
suite, au plus juste prix. Guérin te le réglera.

Dis au même Guérin d'envoyer à ma femme un
exemplaire *broché* dudit *Désespéré* qu'il trouvera
facilement rue Dombasle, et ainsi dédié: à Mademoi-
selle Johanne Molbech. Hommage respectueux.

Léon BLOY.

Guérin m'a écrit dernièrement qu'il y avait chez
moi des revues belges. Qu'il les feuillette et qu'il
m'envoie les pages qui peuvent m'intéresser, s'il y en
a. Ces revues parlent presque toujours de moi.

LETTRE XXVI

Bagsværd par Lyngby. Danemark.

13 août 91.

Cher ami,

Je t'envoie la lettre de S... à qui je ne veux pas répondre. C'est la seconde qu'il m'écrit. J'avais eu un instant la pensée de répondre à la première par deux ou trois mots insultants. Je me suis privé de ce plaisir. Je ne répondrai pas davantage à celle-ci. Comme le drôle a le don de me révolter et que d'ailleurs je ne sais pas exactement à quoi m'en tenir sur les *pourparlers* en question, je m'exposerais à écrire des imprudences.

Je te prie donc d'agir pour moi puisque tu es mon ami et le principal employé de S... Il faut sauver cette malheureuse édition. S... me menace de la vendre au rabais à n'importe quel bouquiniste, ce dont je doute fort qu'il ait le droit. On ne comprendrait pas très bien que mon autorisation lui fût inutile pour cette opération insensée, alors qu'elle lui est nécessaire pour traiter avec S... Mais cet homme étant aussi bête que privé de sens moral, il y a tout à craindre. Encore une fois, je te prie d'agir et d'être habile à ma place.

S... doit avoir gardé la lettre que je lui écrivis à ce sujet. Il est informé que :

1° l'édition *sans marque d'éditeur* est de 1.000 exemplaires, plus les passes et une douzaine sur hollande, dont 6 m'étaient destinés.

(Tels sont du moins les chiffres déclarés);

2° Il n'y a jamais eu de traité entre S... et moi. Par conséquent, je n'ai jamais touché de *droits d'auteur* fût-ce à titre d'avances. Si ledit S... m'a prêté quelque argent, ce fut *en ami,* sans aucune vue commerciale et il n'a aucun reçu entre les mains.

S... ne doit donc tenir aucun compte de cela, qui ne le regarde absolument pas. Il doit acheter le papier tout sec.

Voici maintenant mes conditions pour Savine :

1° Il est bien entendu qu'il devra me régler mes droits d'auteur (ne fût-ce qu'à titre de réimpression, ce qui serait un peu rigoureux vu l'importance de d'ouvrage) ;

2° Le *Désespéré,* naturellement, paraîtra chez lui comme seconde édition, précédé d'une *préface* de quelques pages et d'un *errata* — auxquels je tiens ab-

solument ! Il suffira d'un petit cahier en tête du volume ;

3° Enfin, j'aurai droit aux exemplaires d'auteur
et en outre aux 6 sur hollande.

Je crois que c'est tout. Ma lettre.d'avril disait tout
cela à Savine. Je pense que le papier ci-joint suffira
complètement. S'il faut à toute force écrire à ce polis-
son de S..., dicte-moi la lettre.

J'ai souligné dans la sienne, au crayon rouge, quelques mots que je n'ai pas compris, peut-être parce
que mon travail actuel m'abrutit complètement. Je
te prie de me les expliquer.

Je te prie surtout de me répondre. Quel que soit
ton dégoût pour la correspondance, il serait peu
amical de me laisser ignorer ce qui se passe. Si par
hasard l'édition S... devait être vendue à vil prix
— ce que je ne comprendrais pas très bien — et que
tout arrangement avec Savine fût impossible, je voudrais pour acquéreur Adrien Demay, 21, rue de
Châteaudun. Tu sais, combien ce brave garçon m'est
dévoué. Dans ce cas, il faudrait le voir.

Enfin, mon ami, arrange les choses pour le mieux,
et souviens-toi que je compte absolument sur ton
amitié.

Ai-je besoin de te renouveler mes remerciements
pour tous les livres que tu m'as envoyés?

J'ai écrit à Savine la lettre la plus douce et la plus
amicale. Il a répondu par un refus formel. Je n'in-
siste plus. Tant pis pour moi et tant pis *pour lui.*

Je n'ai qu'une chose à répondre au sujet de Huysmans. Il est si peu exact que j'aie *piétiné sauvagement* comme tu le dis, qu'au contraire j'ai sacrifié les choses les plus importantes, m'efforçant de rester exclusivement littéraire. J'ai dit qu'il avait abusé des idées ou documents de diverses natures que je lui ai fournis pendant des années — ce qui est rigoureusement exact. Si j'avais voulu être féroce, j'aurais pu ne pas effacer ceci, par exemple, que j'avais écrit en épigraphe :

« Les mains d'une infante, les mains d'un évêque, allons donc! Huysmans a les mains d'un *bossu*. Villiers de l'Isle-Adam. » Etc., etc., etc.

Du haut de ta sagesse, tu me traites en enfant, ce qui est un peu comique.

Je t'ai vainement fait interroger par Guérin au sujet de Girard, qui m'a écrit en réponse à une *lettre* amicale une *carte* insolente. Ta sagesse ne paraît pas avoir compris que cela est grave et que toute amitié entre lui et moi est *finie* — à moins que je ne reçoive de *lui-même* des explications COMPLÈTES ? explications qui seront certainement curieuses de la part d'un jeune homme trop sage, j'en ai bien peur, qui croit qu'on peut être en même temps l'ami intime d'un homme et l'ami intime de l'ennemi de cet homme.

Voilà tout, je pense — tout le monde va bien, excepté moi.

Je t'embrasse.

Léon BLOY.

— 135 —

LETTRE XXVII

Bagsvœrd, par Lyngby,

12 septembre 91.

Mon cher ami,

TU trouves mes lettres injustes. Alors tu es bien inconscient ou tu as bien peu de mémoire.

Ma femme pourrait te dire ce que tes retards m'ont fait souffrir. Si, dans le dernier cas, j'ai montré un peu trop d'impatience, c'est que tu m'avais habitué à cette idée qu'on ne peut rien obtenir de toi qu'en se mettant en colère. Tu oublies trop que précédemment tu m'avais fait attendre 3 ou 4 semaines une réponse qui aurait dû être immédiate.

Etant mon ami, tu devrais pourtant te mettre un peu à ma place et t'efforcer de sentir les angoisses d'un homme qui est à une distance énorme de tout et qui ne peut compter, pour ne pas crever d'angoisse, que sur l'exactitude et la fidélité de ses amis.

Puis, ce système de brûler mes lettres est un peu irritant. *Un peu*, n'est-ce pas? Tâche donc d'imaginer un procédé plus blessant pour l'amitié. Je t'en défie. Il faudrait au moins ne pas le dire.

Je t'ai autrefois donné ou confié bien des papiers. Je suis informé par Mlle X... que tu les as brûlés aussi, et que c'est à grand'peine qu'elle a pu sauver dernièrement deux lettres de Péladan qui avaient une importance pour moi. Comment pourrais-je savoir si cette étrange manie ne finira pas par me coûter très cher et si, quelque jour, je ne serai pas cruellement privé de quelque papier que tu auras cru devoir détruire? Puis-je espérer seulement que tu ne feras pas des auto-da-fé rue Dombasle? C'est à faire peur, et vraiment si tu voulais réfléchir, je crois que tu trouverais cela monstrueux.

Mais tu as décidé que j'étais injuste, de même que tu as décidé depuis longtemps avec H... et Mlle X... que, dénué de tout sens pratique, j'avais besoin d'être gouverné en toutes choses. Quel homme serais-je donc si je supportais cela?

Tu me parles sans cesse en gémissant de ta position menacée. Mais pour l'amour de Dieu, compare-la à la mienne. Ah! mon pauvre Georges, nous n'aurions jamais de querelles si tu étais plus viril.

Comment pourrais-je ne pas me plaindre de S... et comment oses-tu insinuer que je lui dois quelque chose? Je l'ai connu brave homme avant qu'il ne fût éditeur et je n'oublie pas qu'alors il a été un ami pour moi. Mais depuis, tu sais ce que j'ai souffert par lui.

Tu me dis qu'il est un homme excellent. Comment dire cela d'un homme qui *ment sans cesse?*

Je comprends très bien qu'étant son employé, tu fasses de ses intérêts les tiens, et je vois que j'ai eu tort de t'adresser Demay. Cependant, tu parais croire que je suis moralement lié à lui et qu'il y aurait de ma part une sorte d'indélicatesse à choisir un autre acquéreur de l'édition S..., parce que je lui ai vendu 200 exemplaires de l'édition Soirat. Je serais curieux de t'entendre expliquer ce sophisme.

D'ailleurs, puisque tu reconnais toi-même que S... est un *éditeur insensé,* tu devrais être le premier à me conseiller la fuite. Il me semble, du moins, qu'en cette occasion, notre ancienne amitié devrait passer avant ton zèle d'employé.

J'ai reçu hier matin le paquet de prospectus dont je suis très satisfait...

Je te remercie pour cela de tout mon cœur et je t'embrasse au moment de partir pour Odense en Fionie.

Ton ami.

Léon BLOY.

Ma femme t'envoie ses amitiés.
Brûleras-tu cette lettre?

J'envoie en même temps que cette lettre un paquet contenant l'imprimé de la *Chevalière*. Cela vaudra mieux pour l'imprimeur de Savine que le manuscrit *défectueux* que je lui ai donné. Cet imprimé est arraché du *Magasin littér. de Gand*.

Tu as bien compris. Voici l'ordonnance de la brochure:

La Chevalière de la Mort.
Le Fumier des Lys.
Le Prince noir.

Il me semble que tout cela devrait être sur la couverture.

La Chev. en gros caractères rouges et les deux autres titres en petites majuscules noires.

Nota bene. — La dédicace que j'ai effacée sur la première page devra figurer au commencement du volume, *en belle page*.

LETTRE XXVIII

Antony, 31 mars 93.

R EÇU ce matin la caisse de livres.
Reçu hier soir le portrait d'Hello avec une
grande joie et une émotion profonde.

Je communierai donc demain, *Samedi Saint,* pour
Georges Landry, afin que ce pauvre malheureux que
j'ai tant aimé n'abandonne pas Notre-Seigneur, après
avoir si cruellement abandonné le plus ancien et le
meilleur de ses amis...

Léon BLOY.

FIN

TABLE

ACHEVÉ D'IMPRIMER A PARIS
LE CINQ JUILLET MIL NEUF
CENT VINGT PAR L'IMPRIMERIE
DIÉVAL POUR ÉDOUARD-JOSEPH
ÉDITEUR